叙事者的远见

喻向午 著

长江出版传媒
长江文艺出版社

喻向午

1972年生，武汉大学新闻学系毕业。中国作家协会会员。出版文化研究译著《论因特网》（合译，上河卓远·河南大学出版社）。在《文艺报》《文学报》《小说评论》《文学自由谈》等报刊发表文学理论、评论文章若干。有作品被《学习时报》《中国文化报》、中国社会科学网以及《人民文学》《中华文学选刊》《小说月报》等期刊公众号转载、节选。另发表小说、散文、报告文学若干。现供职于某文学期刊，编审、副主编。

一个在低空飞翔的评论家（序）

李云雷

喻向午兄的文学评论集《叙事者的远见》即将出版，嘱我作序，我欣然应允。我与向午兄相识已久，他多年来一直在《长江文艺》从事编辑工作，我们曾在武汉、北京等地多次相聚，在饮酒品茶间畅谈文学与文艺问题。在我的印象中，向午兄说话不是很多，但每次说话他都极为认真，总会将一个问题阐述得很清楚，像经过深思熟虑之后的正式发言，而且他的谈话从不凌空蹈虚，空谈理论问题，而总是结合具体作家作品来展开，这让他谈话的内容触手可及，充满及物性。我想，这可能与他长期从事编辑工作密切相关。有一段时间，《长江文艺·好小说》酝酿调整栏目，向午兄曾在一个深夜打电话征求我的意见，我们比较了《长江文艺·好小说》与《小说选刊》《小说月报》等选刊类杂志的异同，并从期刊传统、地理区位、时代方位、自我定位等多方面比较了各家杂志的优缺点，试图在新媒体时代凸显这本杂志的个性与独特性，那个电话打了很久，我也深为向午兄对杂志与文学事业的热情而感动。

文学评论有很多类型，包括学院派评论、媒体评论、网络评论等，相应的，文学评论家也有很多种，有学者，有理论家，也有批评家，有的专注于理论研究，有的专注于文学史问题，也有的专注于文本细读与作品鉴赏。如果将单纯的理论研究比喻为在高空飞行，将单纯的文本细读比喻为贴着地面行走，那么向午兄可以说是一个在低空飞翔的评论家，他的评论既有紧紧贴着作家作品的一面，也有对理论问题的敏锐捕捉与深入探讨，这在《叙事者的远见》中有着鲜明的体现。这部书共分为三辑，第一辑"潮变"探讨的是理论问题，第二辑"在场"是对具体作品的评论，第三辑"对话"则是作者与诸多作家的对谈。

"在场"是向午兄文学评论的关键词，这不仅是他做文学评论的方向与定位，也是他言说的立场与姿态，作为一个文学编辑，他是站在时代与文学发展前沿对作品进行选择、阐释与评论的。"在场"对一个评论家的考验是，在场的作品是良莠不齐、鱼龙混杂的，评论家必须凭自己的阅读经验和文学修养做出独立的选择。向午兄的评论是及物的，是紧贴着具体作品写的，并且别具慧眼。文学评论"贴着作品写"，正如小说创作"贴着人物写"一样，是常识，是基本功，但要做到却并不容易。关键在于评论家对作品既要"入乎其内"，又要"出乎其外"。"入乎其内"才能曲尽其妙，充分把握其艺术特色；"出乎其外"才能显示出评论者的眼光、视野与评价尺度，才能凸显出评论家的主体性与创造力。在对李修文、凡一平、胡学文、曹军庆、杨遥、蒋峰等人作品的评析中，向午兄都能做到"入乎其内，出乎其外"，如他以"坚定的寻觅者在路上"对李修文《我亦逢场作戏人》做出分析，以"时代镜像中乡村的呈现方式"对杨遥《父亲和我的时代》做出概括，都显示了艺术眼光的独特与敏感。

"对话"是向午兄文学评论的另一个关键词，书中收录了他与胡学文、尹学芸、钟求是、胡性能、凡一平等作家的对话。"对话"的难点在于对话的双方都是独立的个体，一方如何才能进入对方的艺术世界，而另一方如何才能敞开心扉、畅所欲言？这就需要双方尤其是提问者抱持平等、尊重、宽容的心态。只有在一种轻松亲切的氛围中，双方才能进行深入的"对话"。另一方面，对具体作品的评论只需要对文本做出分析判断，而与作家的"对话"则需要更多的知识背景：这位作家的所有创作，他的艺术风格与特点，他在当代文学格局及在文学史上的位置，等等，这需要提问者对作家有整体的了解。读向午兄与这些作家的"对话"，我们可以感觉到他对每个人的创作有全面的了解，营造出了一种平等亲切的氛围，而且谈得颇为深入具体，比如他与胡性能、钟求是、凡一平的对话，都能发人之所未发，言人之未言，不仅可以让我们深入了解这些作家及其作品，而且也为将来的文学史保留了珍贵的史料。

"思潮"或"潮变"是向午兄关注的另一个核心，向午兄和我都是"70后"，我们都是在20世纪90年代接受的文学教育，对20世纪80和90年代文艺思潮的活跃、变化以及争论都印象深刻，而且我们也伴随着中国当代文学从新时期跨入到新时代，这些事实奠定了我们观察文艺问题的相似经验与视角。他在"潮变"一辑中提出的问题以及提出问题的方式，都是站在时代文艺发展前沿才能够做出的，也是我极为关心的，比如他提出的"文学创作中的思辨性问题""现代性语境中的文化自觉""网络交互时代的文学景观""后现代主义艺术的现实困境"等问题，都是极为前沿也极为重要的问题，但即使在对这些理论性问题做出思考与分析时，向午兄也充满了个人的独特性——他不只是在抽象层面讨论这些问题，而总是会结合具体作品的分析不断将问题推向深入，他的问题意识来源于对具体作品的阅读感悟与理论思考的结合，而他的文章不但有助于加深我们对作品的理解，也有助于我们了解当代文学前沿的最新发展与变化。在这个意义上，向午兄仍是一个在低空飞翔的评论家，他从未离开过当代文学现场，但是他的思考却超越了现场，飞越到低空，为我们侦察并勾勒了当代文学的远景和未来。

是为序。

目 录 CONTENTS

第三辑　对话

第一辑

潮　变

文学创作中的思辨性话题

　　文学与哲学有着千丝万缕的联系，人类的精神意义世界是一个统一的整体，在形式上表现为不同的文学情感和哲学智慧。文学与哲学都源于生活，两者的融合和相互影响也是必然的。韦勒克与沃伦在合著的《文学理论》中就曾提出，"通常人们把文学看作是一种哲学的形式，一种包裹在形式中的思想"，认为"文学可以看作是思想史和哲学史的一种记录"。

　　在中国传统文化层面，文史哲也不分家，古代士大夫往往是集哲人、文人的双重身份于一身。写作者在用文字表达的时候，就暗含了自己的价值观。

　　文艺理论家一般都不会否定哲学对文学的贡献，因为他们知道文学理论及文学批评的源头都离不开哲学，文学作品中的思辨性也往往来自哲学。文学评论家於可训曾在一次对话中谈到，20世纪的西方文学，双栖作家很多。小说家中不少人本身就是学者，如戴维·洛奇、米兰·昆德拉、索尔·贝娄等。或者本身没有学者教授的身份，但他是关注学术问题的思想者。他们来写小说，就非常关注小说的思想深度和哲学高度。

有论者认为，一部作品之所以伟大，除了它呈现出的精妙绝伦的艺术形式之外，一个重要因素，就是它传达出了深刻复杂的思想。哲学对文学的影响不仅表现在对单个作家或者作品的影响，更多的是体现为一种思潮，并促进文学思潮的出现。在西方文学史上，文学思潮更替和演变的根源，除了经济、政治等社会历史原因外，与当时的哲学思潮的引导直接相关，比如，存在主义文学的基础就是存在主义哲学思潮。

杰出的作家和哲学家都是民族心灵世界的英雄。对于整个民族而言，作家更应该是善听的耳朵，敏锐的眼睛和智慧的大脑；作家也应该是时代、社会的倾听者和记录者，是人民的倾听者和记录者。作家在创作过程中，最先考虑到的，可能还不是哲学问题，他将敏锐的视线和最大的热情投向了社会和人，同时，作家又是最善于发现问题的人。而作品的思想高度，又体现在作者面对问题时的角度、视野和判断能力上。

问题，或者说矛盾和冲突是文学作品重要的叙述推动力。矛盾存在于人与人、人与集体、人与时代和社会之间。以小说为例，作家在呈现这些矛盾的时候，需要敏锐的洞察力、清晰的判断力，需要思辨性作为支撑，特别是一些社会热点题材和历史题材的作品，否则，小说的叙述将漂浮于故事的表面，最终迷失方向。比如，有一部工业题材的小说，作家的视线聚焦在 20 世纪 90 年代某地方钢铁企业的改制转型。改革，本身就是对矛盾关系的重新梳理和调整。处于改革旋涡中的企业工人，相当一部分没有其他技能，适应社会能力也不强。发生在这些工人身上的悲欢离合，让作家心生悲悯，这本是一种崇高的情感，但作家的终极表达，却指向了改制本身：矛盾的根源就是改制，没有这样的改制，工人就不会丢失饭碗。作家有"野心"呈现或回应时代和社会命题，凸显作品的时代感和历史感，在一定层面上值得肯定，但如果缺乏一种长时段的、现代之外的历史视野，在与现实世界的对话中，最终就会失去即时性判断能力。生产要素从旧的行业逐步向代表先进生产力的新兴行业聚集，这是政治经济学的基本认识。正如马克思所说："一切发展，不管其内容如何，都可以看作一系列不同的发展阶段，它们以一个否定另一个的方式彼此联系着。""沉舟侧畔千帆过，病树前头万木春"，就是这种哲学观的体现。

　　文学是人间烟火，作品要在烟火之外为人提供观看烟火更清晰的视角。有论者因此指出，真正的文学作品从来不缺乏价值关怀，它为读者提供了盲目性关怀之上的那种更具普遍价值和建设性的关怀。上面所提到的工业题材的小说，作者本可以主动深入到那些钢铁工人的基层生活中去，对他们不再是救赎、怜悯的姿态，而是一种有主体感的创作，从中寻找文学的公平与正义。作家的视线也可以从 20 世纪 90 年代的钢铁企业改制，一直投射到他们当下的生活，发现曾经的工人群体，聚焦这个群体现在的生存状态，看到他们宽阔的视野和新的创造力，以及他们面临的新的矛盾和冲突。塑造人物，逆境中的人迸发出的不屈性格和坚强比一味单向度地呈现盲目、灰心、懊恼、抱怨、手足无措更具有审美价值。曾经的工人群体守望相助，重新适应新的环境和工作，他们自强的品格、奋斗的身影，更令人敬佩，更能打动人心。

　　在处理这种带有历史方向性的矛盾和冲突时，作家需要找到某种平衡。一方面是时代大潮不可逆转，另一方面，机器时代的工人群体，曾经是社会的宠儿，他们为国家的发展做出了重要贡献，然而在历史的进程中，随着科技的发展，他们因此受到冲击，处在了社会的边缘地带，他们的现实状况和内心世界面临双重困境，在这种生存困境和内心拉扯的缝隙里，便是文学的张力之所在。作品文本可以有悲壮的色彩，但生活要继续，读者更期待看到试图从困境中努力走出的人，或者已经走出困境的人。这种叙事向度，或者说对于人的价值的关怀，本质上就是一种形式的"以人民为中心"。

再现"矛盾"，还有一种重要形式，就是观念层面的矛盾和冲突。

这类矛盾和冲突，在处理如何面对传统文化这一问题时比较普遍。

对于中国传统文化，大部分作家的认识是客观中肯的。哲贵曾说："作为一个中国作家，注定跟中国文化捆绑在一起，思维和行动必然接受这种文化支配。就我个人而言，受这种文化滋养的同时，也深深地被制约。我仍然怀揣微弱而强烈的希望，能够和这种文化达成和解，把它化成一对翅膀用来翱翔。"这种复杂的情感，其实就是中国传统文化在他内心深处的投影，真实，又恰如其分。

但也有极少数人将中国传统文化直接与丑陋、愚昧、落后画上等号。很多文化现象，在出现之初，曾经引领"潮流"，被奉为时尚，是那个历史时代的文明象征。随着社会的发展，人们的观念更新，对世界的认识也在更新。当社会生活方式发生变化，很多事物就完成了历史使命，从大众化转变成小众化，从社会生活层面退居文化层面，成为某种艺术。"它们以一个否定另一个的方式彼此联系着。"从大众生活退守到文化艺术层面的事物，我们也应该给予恰当的定位。这是一种辩证唯物主义和历史唯物主义的姿态。

面对中国传统文化，一些作家内心复杂，还有一个可能的原因，传统文化本身就是一个复杂的统一体。精华和糟粕都是传统文化的本体。完全没有"糟粕"的传统文化不是真实的传统文化，而将"精华"与"糟粕"一起全面否定的观念，最终也将导致文化虚无主义。对待传统文化，我们需要辩证看待，那种全面接纳的论点，同样也是站不住脚的。比如，我们经常在网络上看到一些有关婚礼的视频和文字碎片，再现了婚宴上抢食、取乐新人等不文明现象，令人啼笑皆非。这些"传统"由来已久。我们读到的一些乡土小说，依然可见类似题材。婚俗文化对中国家庭、社会和伦理层面的积极意义不言而喻。但作者没有抓住婚俗文化的要义，却津津乐道于它的"负"产品，不是用批判的眼光看待此类庸俗化的社会问题，而是将这些现象做形而下的奇观化的呈现，这种没有任何哲学高度可言的作品，拿什么获得读者的信任和支持呢？由此可见，面对观念层面的矛盾和冲突，没有思辨性支撑的作品，你很难相信它具有文学价值。

学者刘成纪认为，一个读者没有哲学素养，从来不妨碍他审美；甚至人愈是理性基础薄弱，反而愈是易于对审美对象全情投入。那些因文学作品热血澎湃、热泪盈眶的读者，绝不是哲学家。但是就文学作品而言，如果没有哲学理论做顶层设计并建立其框架，就永远无法为人的精神世界提供可以栖息的陆地。

文学虽然不等同于现实生活，但它可以折射大千世界的本质。如何"折射"，这一直是文学应该面对的课题，这个课题既属于方法论，又属于世界观。有公认的艺术高度，有支撑作品的思辨性，观照社会和人，了解、体验、研究人民的思想感情和愿望要求，以最真诚的姿态，将最真实的情感交给广大人民群众，这样才能创作出有情怀、有温度、有高度且受读者欢迎的文学作品。

原载 2022 年 4 月 1 日《文艺报》

创新与继承

如您所知，多年以来，《长江文艺》整体上一直保持着现实主义的艺术风格。这种姿态无非是想以一种平民化的面孔，靠近更多一些的读者。但是，随着文化语境和人们审美观念的变化，旧的阅读时代已经过去。我们将如何面对不断出现的新的创作风格？在这个开放、价值多元的社会里，已经不存在一种普遍一致的、可供参照的价值标准。作家的表达是多元的，读者的阅读取向也是多元的，文学成了个人的选择。在任何一种情况下，有选择就代表宽容，代表对自己不喜欢但可能为其他人所欣赏的东西的宽容。

作为一家文学期刊，我们也有自己的选择，我们选择了宽容。近年来，我们接纳了各种流派、不同风格的作品。从他们的探索和创新，我们看到了文学的自由精神。今年，我们开设了一个新的栏目——"新小说平台"，无非是想为这种自由精神提供一处场所。我们期待另外一部分读者能够宽容和接纳他们的探索与创新，就像二十多年前宽容和接纳"朦胧诗"一样。

我们知道，"寻根文学"之后的"先锋文学"，其美学追求基本上被文学史和广大读者所认同，创新已经转化成为传统，并且得到了继承。再其后的"个人化写作"作为一种超越主流价值观念的创新，更是成为文坛一时的潮流。它打破了强加于文学之上的宏大叙事模式，回归到了文学本体的起点。这是一种更加贴近生活的个人叙事方式。它的价值是使文学真正进入到一个喧闹的多元化时代。然而，接下来的某些现象却令我们担忧，一些急功近利的创新和狭隘琐碎的题材使小说创作进入一种无序状态，还出现了一种对传统盲目破坏和颠覆的倾向。少数极端的"个人化写作"甚至陷入没有责任、没有精神支撑的境地，写作成为一些人玩弄语言游戏的方式和施展个人小机巧的手段，我们除了可以看到一些晦涩难懂的哥特式烦琐构造之外，看不出别的任何思想。这种自由与创新完全不是"五四"传统的复活，它们所体现出来的价值根本无法与"五四"新文学的价值相提并论。

晦涩、空虚、脆弱并不是文学的力量。这又涉及写作的意义。然而，少数极端的"个人化写作"声称自己是在消解一切写作的意义，他们之所以写作，只是因为他们在生活，也就是说，写作是如同打牌、吃饭一样的私人生活，除此之外，再无任何意义。这种不指向任何意义的写作否认了写作是一种精神活动。我们之所以对这种写作表示担忧，是因为它失去了应有的魅力，从而加剧了人们因过于理想主义地期待文学的多元化而产生的失落。

有人认为，进入多元化的时代，写作者也不应放弃对时代和社会的承担。这使人想到福克纳在接受诺贝尔文学奖时的演说。他说，一个作家，"充塞他的创作室空间的，应当仅仅是人类心灵深处从远古以来就存在的真实情感，这古老而至今遍在的心灵的真理就是：爱、荣誉、同情、尊严、怜悯之心和牺牲精神。如若没有了这些永恒的真实与真理，任何故事都将无非朝露，瞬息即逝"。这个"心灵的真理"作为一种文学精神一直被人继承着。在这个写作有多元选择的时代，它已不是唯一的价值标准。纳博科夫对托尔斯泰不屑一顾，这并没有遮蔽托尔斯泰耀眼的光芒，同时，我们也无法忽视纳博科夫的文学成就；"垮掉派"蔑视传统，传统却在无数人身上得到了继承，而谁也不能否认"垮掉派"对当代文学所形成的巨大影响。但是，在多元价值观念推动文学发展的过程中，文学需要一种震撼人心的力量，或者一种令人难以抗拒的魅力。通过作品，我们愿意看到一个作家的道义、良知和社会责任，听到文学启蒙的声音；我们更尊重甚至推崇对文学本体规律特征的重视和探求。

20 世纪 90 年代开始，文学创作进入到一种众声喧哗的多元格局。经过近十年的发展，文坛似乎变得更加冷静和理性，先锋与传统不再格格不入，各个流派因为反思而变得宽容，甚至出现了复归的迹象。从冷漠到温情，从极端的个人体验到人文关怀，或者从时代意识、主体意识的写作到民间理想主义的流露，这些是创新，同样也是继承。我们期待着这样的创新和继承。

原载《长江文艺》2002 年第 3 期（卷首）

现代性语境中的文化自觉

关注中国当代文学史，特别是 20 世纪 90 年代以来的历史，我们发现，有三个关键词经常会被提及，那就是"现代性""文化自觉"和"70 后作家"。

"现代性"的话题一直受到学界重视，至今热度不减。在定义现代性时，有学者认为，它通常被视为一种话语，这种话语意味着对传统与现代之间的关系的一种陈述与归纳，对现在与当下体验的表达与推崇。现代性话语传递的是进化和进步的观念，现代性同样包含了从审美层面和后现代的立场出发，对以启蒙为标志的现代性的反思与批评。在后现代思潮的启发下，当下中国，现代性与反省现代性共生，内在的矛盾性和统一性并存，呈现出与西方的现代性并不完全相同的面貌。

在现代性与反省现代性的争论中，经常会涉及文化自觉这个范畴。对自身文化的长短优劣，能持客观分析的态度，就是文化自觉。自近现代以来，经历"五四"新文化运动，到改革开放，"古为今用，洋为中用"的观念早已深入人心。在全球化浪潮以及当下多元化的文化背景下，文化自觉更强调相互包容，取长补短，从而朝着合乎理性的方向发展。历史学者郑师渠认为，文化自觉是在文化认同的基础上，更进一步发生的一种艰难曲折、由浅入深的理性认知过程。由于时代变动不居，为适应新环境、新问题以取得文化选择自主地位，文化自觉必然也是一个无止境的发展过程。

文学从来都是现实生活的投影，通过当下的文学作品，在无处不在的现代性语境中，中国社会的文化自觉正在逐步被呈现出来。谈到这个话题，我们不妨将视线转向"70 后作家"。在当代作家群体中，"70 后作家"是一个比较特殊的存在。20 世纪 80年代中前期，文学的"寻根"刚刚开始，就迅速被先锋文学所取代。先锋文学的兴起，是那个时代最具有现代性的文学现象。进入 20 世纪 90 年代，先锋文学式微，但尚有余温，20 世纪 70 年代出生的一批作家开始相继登场，且首次被冠以"70 后作家"的名号。这一代作家的出现，具有了承前启后的意义。他们对先锋文学有清醒的认识，继承先锋文学的"遗产"的同时，又看到了先锋文学存在的问题。"70 后作家"的写作，是建立在对现代性更深刻的理解之上，并开始重新关注现实社会和中国文化，以试图使他们的作品变得及物，变得有自己的文化背景。

艾伟曾说，文学作为观察时代意志中人的处境的一种文体，自然会关心所谓的现代性。现代性已渗透到作家对这个世界的思考及观察的方式之中，影响着中国人对未来的想象，也影响着中国人的审美和创造。现代性是个不可逆的过程，但也是一个可以不断修正的过程。我们开始认识到现代性并非唯一的神，在现代性的框架下需要充分认识到中国人的生活以及自己的古老传统，认识到一个更为复杂的中国。这期间，就有不少作家实践所谓的

"反现代性""回归"。在这个"回归"的队伍中，我们可以看到众多"70后作家"的身影。这些作家的名字不胜枚举，比如，从早期的先锋小说创作投入到当下散文创作的李修文，他的散文集《山河袈裟》《致江东父老》《诗来见我》，就是最明显的例证。再比如，接下来谈及的东君、哲贵、斯继东三位作家，他们的小说作品，也是例证。

现代性在艺术上的一个重要体现就是对"新"的追求，但就是有些"70后作家"有意回避现代世界的众声喧哗，他们不满足于仅仅做西方现代性话语的聆听者和追随者。在肯定现代性普遍意义的前提下，他们在寻找中国文学与西方文学道路发展的不同点和定位。阅读东君近年的作品，我们发现，他创作的心力，相当大一部分都在关注中国文化，从《子虚先生在乌有乡》《出尘记》《听洪素手弹琴》《苏薏园先生年谱》到《卡夫卡家的访客》都是如此。如果说他之前的创作大部分是在表现对传统文化处境的担忧，那么《卡夫卡家的访客》则显得相对放松，而且充满了想象力。从卡夫卡的作品里我们可以找到一些有关中国的叙述，在他的想象中，中国是一个神秘又浪漫的国度。也许这个线索为东君的想象打开了窗口。他虚构了沈渔、许问樵、李寒、陆饭菊、杜若、司徒照等一批年代不详又籍籍无名的诗人，并为他们"立传"。借用熟悉的历史氛围，呈现的则是被遮蔽的历史长河中的文人形象和文化流传的独有样态。作品中，东君虚构的中国学者杨补之，通过汉学家威尔弗先生求见卡夫卡，借以向西方人传播那些中国诗人的作品。"杨把那些诗交给我时，用诚笃的口吻说，这些人虽然籍籍无名，但他们的才华足以与唐朝诗人相匹，他们的诗作不应该随同他们本人一样湮没无闻，有感于此，他打算把这部诗选带到西洋，让更多的人了解他们，记住他们。"杨补之为此做出的努力，只有一个朴素的目的：使斯文不坠。

通过东君虚构的一次东西方文化交流事件，以及作品的文本，我们依然可以感受到先锋文学对他的滋养和影响，但东君的写作资源主要还是立足于中国的传统文化。

相对于东君关于历史文化的丰富想象，哲贵对于中国传统文化在现实生活中所引发的冲突与融合则有自己独到的理解，《图谱》《仙境》，以及他的短篇新作《归途》莫不如此。如哲贵本人所言，他的作品主要在探讨改革开放以来富起来的这一批人的生活方式和精神裂变。这一批人富起来的时代背景是改革开放，西风东渐，他们见过西洋的世面，是最可能在生活方式和精神层面接近西方的人，但就是这一批人，在文化心理上却十分微妙，在他们取得成功后，对现实中国，对传统文化又是念念不忘的。与《图谱》《仙境》不同，《归途》的视线转向了这一批人的第二代：叶一杰。家庭、社会，以及西方文化对叶一杰不停地再塑造，接受西方文化熏陶，到纽约留学，叶一杰已经在美国立稳了脚跟，但父亲在国内的事业遇到挫折，召唤他回国的时候，这声召唤得到了他全面的回应。纽约、帕森斯设计学院、普拉达，这些城市和时尚文化符号最符合普通中国人对于现代性的想象，但在哲贵的叙事中，已经建立起理性思考的叶一杰并不这么认为，他的归途所向，只有中国，那里才是他无限留恋和应该回归的地方。作品中的人物是追随现代性的，另一方面他又以反现代性的面目出现，并回归到了"传统"。现代性强调人的主体性、理性态度以及自我反思精神，《归途》的叙事，让现代性与反现代性的内在矛盾性和统一性得以再现。

现代性所强调的主体性，核心是人本主义，是对自我的认同。但中国匆忙的现代性进程让"人"的主体性在文学中被逐步消解。

阅读斯继东的短篇小说《禁指》和《传灯》，可以感觉到他显然意识到了这个问题。这两篇小说，斯继东也都是直接在中国传统文化中寻找写作资源。如果说《禁指》观照的是当下现实生活中普通的传统艺术家（琴师）关于琴道、人道的认知和坚守，《传灯》则将视线投向了真实的历史人物，以重构个体的精神空间和人格魅力。作品的主人公是绍兴当地颇有声名的书家徐生翁。小说情节，也大多是真实的故事。徐生翁出生于清末，20 世纪 60 年代上半期过世，一生波折不断，却守持内心，气定神闲，从不失风雅。《传灯》的作者、叙述者与小说中的主人公并非三位一体，而是三个不同的人物身份，但依然可以在作品中见到自叙传抒情小说的影子。考察小说的形式与叙事策略，也可以见到后现代主义的痕迹。作家通过虚构与丰富的想象，使小说的主人公与真实的历史人物形成互文关系，建构了作品的艺术的真实性。斯继东的叙事不疾不徐，情节也并没有波澜起伏，在《传灯》中，他的遣词用字非常讲究，有时还执拗地夹杂一些生僻字和文言，以使小说文本与主人公保持相近的气质。斯继东是在写文化，更是在写人，不论是《禁指》中的曾先生，还是《传灯》中的徐生翁，他们处世的方式达观而超然。这也是中国传统文化的精华部分。斯继东以反现代性的形式向中国的传统文化致敬，同时在文本中也重建了人的主体性。

"五四"新文化运动至今，不同时代对现代性的理解和对现代化社会的想象各不相同，中国文化的境遇也各不相同。"沉舟侧畔千帆过，病树前头万木春。"中国人有自己一脉相传、推陈出新的文化伦理。从这个层面考量，现代性理论与中国的文化伦理有相通的一面，同时也印证了郑师渠关于文化自觉的论述。

新时期以来，特别是近年来，随着国力的增强，中国社会逐渐走向成熟和自信。时代的发展促进了当代中国新的现代性的生成。这种社会心理的演变，在文学创作中也必然得到体现。把握社会发展的大趋势，借鉴、吸收西方文学有益的经验和成果，并与中国文化资源相结合，这些"70 后作家"的创作实践，必将加速当下中国文化自觉的确立。

原载 2022 年 1 月 13 日《文学报》

小说文体如何面向未来

以五年甚至十年的跨度看当代文学，它似乎是静态的，并无显著变化，但是把时间拉长，以文学史的眼光看待，却是另外一番光景，它向前发展的路线图，脉络清晰，波澜壮阔。以小说为例，这种文体在中国具有悠久的历史，从魏晋南北朝的志怪小说和志人小说，到唐人传奇、宋元话本、明清小说，再到"五四"新文学运动以来延续至今的现代小说，各个历史时期小说的面目各不相同。小说文体的边界也是相对的，时机成熟，它就会被打破，实现突围，并得到新的发展。比如，20世纪初期，梁启超发起了"小说界革命"，随后的新文学运动，使"虚构之叙事散文"的小说观念很快被接受，为各种类型小说的充分发展提供了可能性。晚清至"五四"几十年间，小说文体的演变由渐进模式转换成了突飞猛进的模式，从语言、形式到内容都发生了巨大的变化，读者在晚清读的是白话小说，民国初年又出现文言小说，到"五四"时期，读的则是现代白话小说了。正所谓"一代有一代之文学"。

而在当下，新的"小说革命"再次被提及。2020年的一次文学活动上，倡导者王尧说："相当长时间以来，小说创作在整体上处于停滞状态，尽管我清晰和坚定地意识到小说再次发生革命的必要。小说发展的艺术规律反对用一种或几种定义限制小说发展，反对用一种或几种经典文本规范小说创作。所以，倡导新的'小说革命'恰恰表达的是解放小说的渴望。"

王尧新"小说革命"的倡导与 2014 年李陀在深圳做的一场题为"重新发明文学"的演讲遥相呼应。李陀指出，现代主义在世界各国造成了"纯文学"的追求，一些作家迷恋语言实验。20世纪现代文学的发展有一个特点，就是很多作品都非常精致。但是这个精致的文学时代，是以去现实化、去社会化、去历史化为代价形成的，写作由此变成了个人的事情。20 世纪的文学观念和文学经验怎么可能和 21 世纪的文学相适应呢？2001 年，在《漫说"纯文学"——李陀访谈录》中，李陀更加具体地指出了可能的突破路径。他认为，20 世纪 80 年代"纯文学"的出场，是对旧有形式的一种反叛，但是，当革命的对象土崩瓦解后，"纯文学"本身便成为一种常态。并且，伴随着 20 世纪 90 年代市场化大潮的来袭，"纯文学"越来越以其自赏的姿态退缩到一个小圈子中。这一保守性导致了两个主要问题：一是失去了回应现实的能力，二是作品越来越"难看"。如果文学作品既失去了回应现实的作用，又不能以故事性吸引更多读者，那它还剩什么呢？严肃文学应该向古典小说和通俗小说汲取营养，在大众文化消费时代为严肃文学探索一条新路，"试着写一种又严肃又通俗的小说"。李陀与王尧对文学未来的论述并不完全相同，但他们有一个共同点，那就是对当代文学现状的不满。

当下严肃文学的不断边缘化与网络类型文学的繁荣已经形成

巨大反差。我们将如何面向未来？一些不同的文学观念已经在作家的创作实践中得到体现，比如邱华栋近年创作的武侠小说，蒋一谈、王威廉等作家最新的科幻小说。李陀、王尧，以及前述的这些作家，他们代表了文坛内部一种思考未来、积极求变的力量。

邱华栋曾说："我不喜欢被认作为一成不变的作家。写小说，应该具有创造性而不应服膺于定论。"他以写现代小说闻名，20世纪90年代，他是作为"新生代"代表作家引起文坛关注的。此后，在邱华栋的写作实践中，他一直试图不断突破自己，近年又写历史武侠小说。他从中国传统文化中吸取养分，对历史展开想象，发表了一系列武侠小说，并再次引起评论界和读者的关注。

武侠与严肃文学并不是一种对立关系。二十世纪八九十年代，杨争光就是以先锋文学代表作家的身份进入读者视野的，而由他编剧的《双旗镇刀客》却将武侠电影推向了新的高度，该电影被奉为经典，时隔31年，它依旧时常被观众提起。公案小说、武侠小说成为普通读者喜闻乐见的文学式样由来已久。即便在当下，武侠小说都有很好的读者基础。读者对于历史和传统文化的亲近感，是由我们的民族基因决定的。邱华栋等一批严肃作家以现代小说观念介入，让武侠小说再次出现质的嬗变成为可能。对于被当作通俗文学的武侠小说、对于严肃文学，这都是一次极具意义的突破，它丰富了当下小说的形式和内容，让严肃文学从题材层面接近了读者。

除了武侠，科幻作为一种小说类型，近年也开始活跃起来。21世纪以来，随着互联网的普及和科学技术的突飞猛进，作家想象和虚构的空间被前所未有地打开，科幻已不再是科普作家的"专利"了。

蒋一谈的短篇新作《浮空》就带有很强的科幻色彩。在人工智能时代，作家的想象也不再受现实生活场景的约束了。作品中，慧然法师是禅院住持，也是高僧。他后半生收过三位弟子：大弟子一禅，半年前失足坠崖离世。二弟子一灯。三弟子一然是慧然法师的关门弟子，禅院有史以来第一个机器人禅师。一年前，机器人公司工程师鲁格测试机器人的整体能力，慧然法师偶遇，深感震惊，决定收机器人为徒。由于一然的人工智能优势，它在辨经悟道方面甚至超越了一灯。聪慧的一然意识到大师兄一禅是被一灯所害，被程序操控的一然与一灯也成了今后禅院住持的竞争对手。觊觎住持"宝座"的一灯无所不用其极，而机器人公司试图染指禅院是看到了其中巨大的商业利益。一然在月球之旅结束后，就要就职禅院的住持。这个受师父教诲的机器人法师有惊人的慧根和独立判断能力。但在月球上，它识别了工程师鲁格的阴谋，鲁格要完成机器人从模拟人类意识到机器人自我意识觉醒的跨代升级时，删除了一然的"机器人三定律"。不受约束的一然随后果断拒绝鲁格的控制，不再返回地球，毅然决然消失在月尘之中。

科技的发展是为人类服务，还是驾驭人类，这是科学伦理层面的问题。蒋一谈关于科技发展与人类关系的思辨性表达，显然具有前瞻性。他为读者构建了一个完整的、陌生的新世界。同时将故事和科技结合起来，叙事因此诞生了奇异的魔力。

将这类软科幻放在严肃文学的范畴考察，我们则看到了文坛这些年出现的一个新的景观，那就是一些作家开始关注科技发展对人类的影响，纷纷将视线投向这个领域，用严肃文学的创作方法，表达对当下世界以及未来世界的认知和思考。拓展了严肃文学的视野，丰富了严肃文学的题材，也让不少严肃文学作品有了明显的"类型"色彩。

武侠、科幻、侦探推理等被归于类型小说的作品中相对陌生化的叙事，让读者有了更多的阅读选择。评论家何平认为"好的类型小说是真正的国民文学"，在传统的雅俗二分的文学格局中，类型小说开辟着属于自己的"第三条道路"。网络文学的草根写作很大一部分诉求是把写作当作一门生意。而文人写作传统的类型小说既是文学生意，也是个人的文学创造和审美生活。类型小说有着自足的审美规定性，可以从通俗文学里分离和独立出来。在门槛高低和难易度上，类型小说体现得可能比严肃文学更专业。无论提供怎样的价值观、世界观、情感内容和知识图谱，类型小说最后都要兑现在叙事技术上，要讲一个好故事。从这个角度考量，类型小说也是与严肃文学最具亲缘性、没有严格边界区分的写作样式。

徐晨亮谈到类型小说时认为，将类型文学等同于通俗文学、大众文学，并不单单是一种事实描述，更是一种隐含价值判断的修辞模式。这样的说法显然无视"类型"与具有探索性、先锋性的写作实践之间的联系。与类型文学相对的亦非"纯文学"，那些为"曲高和寡"辩护的言说，捍卫的正是圈子化的"伪文学"。其言说背后的逻辑，是用"不能也不必取悦读者"的诡辩，掩饰"伪文学"自身的封闭、贫乏、陈腐、狭隘、粗糙、空洞。在此意义上，恰恰是类型文学提供了新的契机，让我们有可能打破"伪文学"之"圈"，将"纯文学"挽救出来。

如果说武侠是面对历史和传统文化寻找写作资源，科幻是朝向未来，构建异世界，是"完全进入未知的文学"，那么，视线聚焦当下现实的写作，就是被定义为面向生活、面向田野的写作。如果不"类型"化，不与已有的文艺作品撞车，也不与互联网上随处可见的碎片化的艺术片段和情节雷同，我们面向现实生活的写作将如何进行？关注当下的写作者不计其数，在不断重复、碎片化、一地鸡毛的形而下的庸常生活中，为读者寻找现实的意义和艺术性，让作家呈现令读者耳目一新的文学审美，确实具有极大的挑战性。越熟悉的生活，越是难写。

钟求是的短篇新作《比时间更久》则是通过大胆突破文体的边界，以寻求变化。他试图在形式和内容层面创新，打破并拓展传统意义上的小说文体，同时强调了小说的可读性。他曾明确表示，这篇小说就是对王尧新"小说革命"的呼应。作品分为虚构部分和非虚构部分，语言、情节、细节也是按照两种文体的叙事方式展开，它们最终结合在一起，竟产生了奇妙的阅读感受。

虚构部分，读起来与钟求是以前的小说风格并无二致，主人公周一忆七十九岁的父亲一反常态，要求周一忆想办法去派出所为他改回年轻时的名字，因为实在难以办到，周一忆最后只得找礼品公司做一张改名的假身份证，用善意的谎言了却父亲的心愿。

非虚构部分，钟求是写的是他的中学老师周庭起，以及周老师年轻时的恋人婵老师的往事。周老师早年追求进步加入中共地下组织，1949 年随部队进入杭州，后留杭做公安警员。婵老师是中学体操队员，留校做了体育老师。周老师为了爱情，脱下警服，去小学当了教员。第一届全国体操比赛举行，体操项目得到重视，女友被挑去上海体育学院学习训练，周老师也考上杭州师范学院。后来周老师被"精简下放"分配到钟求是的老家平阳县城，而婵老师因成绩上佳留在上海体育学院，两人终究没有走到一起。三十多岁时，在一场电影正片放映前的《新闻简报》里，已娶妻生子的周老师偶然看到一则中国大学生体操队去东欧比赛的体育报道，女教练居然是他的前女友。十年前，早已退休的周老师饮茶时，将自己的情感故事透露给了钟求是。春节后的一个周五，钟求是得知老师去世。为老师送别之后，作为主编的钟求是确认有一个作者在上海体育学院工作，他决定托作者打听婵老师的消息，得知她已于 20 世纪 90 年代退休，并在五年前去世。婵老师当年眼里只有工作，终身未婚，留下一个养子。

依照非虚构部分的铺垫，作家为小说结尾：婵老师在她离世前一年，将她保存了五十多年与初恋交往的信件全部烧毁，那些信件只属于他们两个人。养子希望留下他喜欢的信上的邮票，婵老师说："我有些东西可以留给你，有些东西不能留给你呢。"

作品陌生化的形式令人眼前一亮。虚构部分和非虚构部分在文本中融为一体。小说的结尾，五百多字，是对碎片化的、看不出任何意义的非虚构部分叙事的升华，也是一次简约的形而上历程。"父亲"改名是因为婵老师，他想以与婵老师相识时的名字在另一个世界与她相见。而婵老师为了"父亲"（周老师）终身未婚，她以烧掉信件作为仪式，为自己坚贞不渝的情感画上句号。虚构部分与非虚构部分的通约性建构，在作品的结尾找到了精神指归。

虚构部分，"父亲"是作品的主角。"父亲"的反常在非虚构部分得到了合理的解释，叙述的主角也发生了转移。在钟求是对人物的不断发掘过程中，婵老师人生的传奇性凸显出来，结尾更是强化了这一点，充满了形而上色彩，特别是烧信的情节，让小说的叙事得到升华。

钟求是坦陈，小说最初的构思，确实跟张艺谋电影《一秒钟》的"新闻简报"情节有撞车。而他将撞车情节放在非虚构部分，则解决了这个问题。非虚构部分也消解了作家幕后创作者的身份，直接向读者敞开了作家的个人生活细节。这样的叙事本身不产生意义，但作家的叙述，为第三部分结尾的虚构做了最充分的情节铺垫。

作品还有一个"副产品"，那就是钟求是"透明"的小说"操作"。我们也再次认识到，艺术来源于生活而高于生活，现实生活不会直接提供艺术。非虚构部分作家耐心地铺陈，为将生活艺术化做了充分的准备。周老师与婵老师的过往，只是一个不完整的故事，只有一个扫兴的结果。它没有脉络，缺乏形式，情节也是无序的，看不到完整的发展，看不到过程中的意义，只能看到日常生活中的普遍性。在《比时间更久》中，我们眼见着钟求是从日常零散的情节中提炼出意义，为读者呈现了这个创造性过程的全部。《比时间更久》的价值在于，它颠覆了传统小说文体的形式，以一种全新的面目出现在读者面前。

小说本是一种非常自由、包容性极强的文体，小说该怎么写，从来没有边界的限定。而《比时间更久》正是一个实验性很强的小说文本，相较于 20 世纪 80 年代中期的先锋文学，钟求是的实验又是温和的，他以故事性和传奇性，以及"透明"的操作，让作品贴近了普通读者。

"五四"新文学运动倡导的就是"推倒雕琢的阿谀的贵族文

学，建设平易的抒情的国民文学"。文学应该有超越性的审美探索，时代和社会应该有足够的包容空间，文学作品与普通读者之间的关系应该是融洽的，这是文学现场的主流。

我们身处互联网时代，网络文学、传统的通俗文学持续繁荣，在这样的社会文化背景下，严肃文学的前景并不是由写作者和研究者私下协商决定的，而是由时代的发展方向决定的，是由文学阅读市场的自觉选择决定的。现有的严肃文学阵地，应该更加包容，更加多元，视野更加开阔，而不是排斥和高高在上。唯有如此，才能充满活力，才能获得读者的信任。也唯有如此，严肃文学才有可能步入可持续的发展轨道。

先锋文学的经历提醒我们，如果艺术性不足以挽留应有的读者，在坚持小说的精神高度和艺术高度的前提下，强调小说的叙事高度以拥抱普通读者，将成为必然选择。文学如何面向未来，小说如何"革命"，邱华栋、蒋一谈、钟求是三位作家建构的文学世界朝向了三种不同的时间维度，这也是三种不同的小说形态。这些小说家以他们的创造性实践，为小说文体的发展打开了更开阔的想象空间。

除了钟求是等作家立足现实的叙述创新，《人民文学》《收获》近年都有刊发科幻小说，武侠小说也在一些文学期刊上找到位置，文学界正在聚集共识。这也许就是王尧认为的"新的'小说革命'已经在悄悄进行中"。这些创作实践，以文学史的眼光打量，也许就是几朵小小的"浪花"，但它们毕竟是趋势向前的"浪花"。

原载 2022 年 7 月 11 日《文艺报》

在争议声中探索文学的可能性

2018 年秋天，在《长江文艺》神农架笔会的讨论会上，谈到当下文学的问题时，钟求是表达了自己的观点：文学创作还是要"向内转"。他的观点随即得到在场的计文君的认同。

在这个场合，"向内转"再次被人提起，不禁让人感慨它的生命力的顽强。"向内转"作为一种文艺思潮，它的发端其实要从 1986 年说起，命运也是几起几落。

关于"向内转"的论争，也是改革开放 40 年来文学界较为重要的争鸣，声势浩大，持续时间长，影响面也非常大。

1986 年，《文艺报》发表了鲁枢元的《论新时期文学的"向内转"》一文。鲁枢元标明了"向内转"术语的理论来源：里恩·艾德尔在描述西方文学与心理学的关系时，曾明确指出，第一次世界大战后，西方文学的"向内转"使"文学和心理学日益抹去了它们之间的疆界"。

"向内转"理论提出的初期，相关讨论持续将近五年时间，气氛非常热烈，但主要还是以批判的声音为主。

经过二十世纪八九十年代的沉淀，文学界使用的"向内转"

术语主要有两层内涵：转向主体/心理，指文学创作转向表现内心世界；转向本体/形式，指创作中文学本体意识的觉醒，包括形式自觉和文体自觉。

段晓琳在论说"向内转"时认为，与"向内转"思潮同时期兴起的先锋文学，不但在主体/心理层面表现出了与传统文学截然不同的特征，在叙事/语言/结构等形式层面也发生了令人瞩目的文体革命。先锋文学既具备形式层面的内转意义，也具备主体心理层面的内转深度。我们由此看到先锋文学与"向内转"的亲缘关系。

21世纪以来，有关"向内转"文艺思潮的反思又重新引起学界的关注和讨论。2004年，李建军在《文艺报》表达了他的观点，认为来源于"新批评"和弗洛伊德理论的"向内转"口号，对当代文学造成了消极的后果：一是对个人内心世界的过分关注，导致"个人化写作""反文化写作"等"消极写作"泛滥；二是过于注重技巧、形式等"内部研究"，导致文学脱离社会、生活以及作家责任感、使命感的瓦解。李建军的观点与20世纪90年代中期学界重提高扬人文精神有一脉相承的关系。持续数年的"人文精神大讨论"，至今早已硝烟散尽。作家或者文学作品，是否一定要坚持人文精神，是否一定要选择崇高，时过境迁，当时的语境早不复存在，社会的多元化和宽容度已消解了这些话题。文学大势的转移，从来不由作家的道德选择所决定。一旦过度挖掘人物的阴暗内心，过度解构题材，对整个社会的文化建设带来负面影响，就可能步入消费主义的困境。这种倾向在任何时候都值得警惕。从这个层面来说，李建军的批判和担忧不无道理。

2012 年，张光芒一篇《论中国当代文学应该"向外转"》的文章，又将文学的"内""外"转之争推上了台面。张光芒针对中国当代文学"向内转"，特别是"二度内转"中出现的问题提出了质疑，认为当下中国文学已经偏离了现实的轨迹，连文学的"外"都看不透，"向内转"就失去了逻辑依据，"向外转"是文学自身发展的必然要求。

张光芒说，"向外转"并非独尊现实主义，也并非放弃精神信仰层面的探求与内在心理的挖掘，他反对的主要是那种虚假化、独语化、无根化的"向内转"。"向外转"也并非要求作家们都去关注与描写重大现实题材，甚至回到"题材决定论"的俗套，当然更不意味着写现实题材就算是"向外转"了。

在为张光芒辩护时，有学者认为，张光芒"向外转"的提出有它的现实背景。当下文学审美营造能力明显下降，参与社会价值建构能力急剧衰弱，在相当程度上，无法独到而深刻地反映当代中国特有的复杂性。对无意主动跟踪"严肃文学"的社会大众而言，当代文学基本脱离了日常生活而成为某种"缺场的在场"。"向外转"即是对这一现象做出的学术回应。

还有学者为了便于言说，干脆将"向外转"对应为"写什么"，将"向内转"对应为"怎么写"。张光芒所说的"向外转"，实际上也是一种折中的关于中国文学发展方向的解决方案，他强调"写什么"与"怎么写"两者应并驾齐驱，不可偏废。

"向内转"与"向外转"的争鸣，将文学界"写什么"与"怎么写"的问题延续到了当下。

"向内转"或者说"怎么写"更具有动态性和现实意义。随着城市化的发展和互联网的全面普及，社会全面市场经济化，以及社会价值观的进一步多元化，中国已进入后现代社会这些都是不争的事实。传统的农耕社会已经瓦解，建立在农耕社会基础之上的传统现实主义文学也失去了生存的土壤。哪怕是改革开放之初，曾经风靡一时的《新星》等作品，也因为失去了时代的对应物而无法与读者的情感形成重叠和共鸣，重提这样的作品，照样没有了现实意义。后现代主义之所以能在中国产生共鸣和形成市场，最根本的原因，在于"世界"发生了变化。中国以前的"世界"是统一的，它统一于单一而具有凝聚力的价值观。市场经济的发展，带来了统一价值观的破碎。这都给后现代主义大行其道提供了机会。由此可以得出一个结论：文学的发展一定要适应时代和社会的发展，落后于时代和社会，落后于大众总体审美高度的文学，必将被淘汰。就如同在政治经济学语境中，说经济基础决定上层建筑、生产关系一定要适合生产力状况一样。用过时的眼光看时过境迁的事情，难以为读者提供跟得上时代发展的作品；即使是历史题材，也需要用当代眼光审视历史，才能创作出符合当代审美趣味的作品。而"向内转"就成为应对历史题材的理想方案。一个最明显的例证，李修文编剧的《十送红军》就有明显的"向内转"倾向，作品视点下沉，进入个体（无名战士）内心，本来的宏大叙事出现了以前不曾有的强烈的感性色彩，作品的形式也因此发生了变化。他的大胆尝试，让革命题材也具有了当下意义。

在我们所处的后现代社会，中国文学全面再返传统的现实主义已不现实，先锋文学早已式微，那么，中国文学新的可能性在哪里？寻找一种或者几种与社会实践紧密相关的文学方式变得必要和迫切。

在回顾"新写实"思潮的发展过程时，丁帆是这样表述的：那种一成不变的现实主义小说失去了优势，面临着危机。在这种危机面前，有许多明智的作者开始了对现实主义小说创作方法的修正与改造，由此而出现了一大批优秀的"新写实"小说，这种"新写实"小说与变种的"现代派"小说几乎是并驾齐驱地显示着各自的光辉。"新写实"的创作已或多或少地有机地融入了新的表现技巧。

贺绍俊也认为，现实主义仍然是中国文学的主潮。但今天的现实主义已经不似过去的单色调，而是变得色彩斑斓了，这得感谢先锋文学长期以来的浸染。"70后"以及更年轻的一代是在后现代主义的语境中开启文学之门的，如今"70后"已经成为文学创作的主力军，必须看到他们在创作方法上带来的新变。

不论是丁帆还是贺绍俊，都认可先锋文学的文学史意义。没有晚清，何来"五四"，这句话强调的是文学史的连贯性与承继性。在他们看来，回归到写实，不是先锋的终结，不是马原宣布的"小说已死"，它包含两层意思，一是先锋文学的理性回撤，二是现实主义在后现代语境下，为了适应时代发展和读者审美趣味的提高，不断吸收和容纳先锋文学新的表现技巧。

"向内转""向外转""新写实""个人化写作""现实主义冲击波""主旋律文学""底层写作"，以及"纯文学"，文学界各个时期围绕这些焦点的争鸣，都是为了应对20世纪80年代后期先锋文学在形式上的创新难以为继之后提出的中国文学发展的解决方案。只有更有效地向时代敞开，同时面向我们的文学传统，继承和创新，才能为中国文学打开想象空间，拓展更广阔的领地。

哪些方案更适合未来中国文学的发展，或者说，中国文学新的可能性在哪里，虽然结论现在无法揭晓，但永远值得我们期待。

原载 2019 年 3 月 27 日《文艺报》

多元文学格局更有活力

有读者在转发《长江文艺·好小说》的微博文章时留言评论说：中国当下小说的创作是有问题的，同质化和去审美化倾向非常明显……

也有学者感慨，现在有鉴赏力的读者日益减少，社会上的大多数人，早已经对文学失去了兴趣。思潮、流派以及个性化创作严重缺位，很多作家受到消费文化观念的熏染与侵蚀。

这些言论，其实都是进入消费文化时代以来，严肃文学被逐步边缘化后文学界释放出来的焦虑感。改革开放初期，大学校园文学社团盛极一时，校园诗人成为宠儿。而一部像《乔厂长上任记》的小说就可能对经济改革产生重大影响。时过境迁，30 年后，没有人怀疑文学已经从这个时代精神生活的重要位置退居边缘。不过，翻阅我们的文学史，我们可以看到，文学处在整个社会精神文化的中心并不是常态。况且文学的边缘化已经是"全球化"的问题，是大的趋势。甚至有论调说，2016 年的"诺奖"颁给鲍勃·迪伦，是对欧洲文化和严肃文学被边缘化后采取的"应急反应"。因为音乐，或者民谣，相较于严肃文学，更易于传播，受众更为普遍和广泛。

对于我们来说，边缘化并不是最应该关注的问题，我们的目标是试图把被边缘化的"文学"做得更好，更有活力。有时候，活力就意味着新生，意味着希望。我们的版权页上，写着"开放、包容、坚持、尊重"的办刊宗旨。坚持应该是第一位，再谈开放、包容和尊重。

开放、包容和尊重，有一个明确的指向，就是多元化。

回顾 20 世纪的中国文学史，80 年代文学几乎可以与"五四"文学比肩。它们有一个共同的特征，就是多元化，而且充满活力，新的思潮和理论在文坛受到欢迎和流行。

胡适在其 1917 年的《文学改良刍议》中提出的改革计划，就是要在新语言、新形式和新内容的基础上建设一个新的文学典范。新文化运动之后的二三十年内，鲁迅、废名、施蛰存、卞之琳等具有先锋意识的作家和诗人的重要作品陆续问世，小说、诗歌等文学门类，派别林立，蔚为大观，真是"百花齐放、百家争鸣"。

中国文学再次迎来多元格局，是从 20 世纪 80 年代开始，现代主义思潮重新涌入中国。现代，前卫，先锋，实验，是那个时期中国文学主要的关键词。卫慧、棉棉等带有明显后现代主义倾向的作家的出现，让当时的文坛更是众声喧哗。与庄严性、纯粹性及个体性等现代主义价值相对立，后现代主义展现了一种新的随心所欲、新的玩世不恭和新的折中主义，并因此受到诟病，但并没有影响这枝花朵在文学的大花园里绽放。

宏大叙事与个人化写作的争论，现实主义与现代主义以及后现代主义之间的争论，活跃了当时的文坛。1985 年后关于"伪现代派"问题的论争,1994 年开始的持续两年之久的"人文精神大讨论",1998 年朱文等人发起的《断裂》问卷调查等,彼时的文坛热点都成为当年的公共文化话题,受到大众关注。整个二十世纪八九十年代的文学,富有挑战精神,充满了朝气,也呈现出前所未有的多元格局。

21 世纪以来,随着消费文化的繁荣,特别是互联网的兴起,严肃文学的生存空间逐步受到挤压。网络文学、类型文学占据着最大的阅读市场。不过,即便如此又何妨,在旧上海,鸳鸯蝴蝶派不也是占据着最大的阅读市场,鲁迅的作品集,相比之下,发行量也少得可怜。严肃文学需要一种气定神闲的姿态。

但面对消费文化的挑战,我们欢迎更新的思潮,更新的文学观念,更新的创作技巧。探索的人多了,当下文学也许会再次焕发生机。

2014 年,李陀先生在深圳的一个主题为"重新发明文学"的演讲上表示,我们要"重新发明文学",充满批判精神地去创造适合今天这个时代的新的文学。我们想把熟悉的旧有的文学规律,做一个大胆检讨和否定,然后考虑在 21 世纪,什么样的文学才能跟今天这个复杂多变的时代相适应。一个时代的文学,是在那个时代的历史条件下形成的,所以到了新的时期,文学应该有所改变。20 世纪遗留下来的文学观念跟当时的情况相适应,到了 21 世纪还适用吗?很显然,李陀先生对当下中国文学的现状和处境心存忧虑,才喊出了"重新发明文学"的口号。

对我们来说,"重新发明文学"是一个务虚的话题,《长江文艺·好小说》的工作做得务实,每期的杂志必须按时出版。若一篇小说以全新的面孔出现,我们会以开放、包容和尊重的姿态对待它。

关于文学作品此起彼伏的同质化的评价，如何面对？我们也在思考，多元化应该是一个切实可行的策略。上一期我们发出的小说中，就考虑了这些因素。面对扑面而来的刚刚出炉的原创小说，我们有意转载了一些读起来别具一格的篇目。黄梵的《枪支也有愿望》带有明显的表现主义色彩，在他的小说中，枪支也能说话，枪支也有愿望，它最后选择自杀来拯救人的性命。我们能够接受卡夫卡《变形记》里人变成甲壳虫，能够接受动画电影《变形金刚》里汽车变成可以说话的汽车人，当然可以接受一支枪能够开口说话，并且有自己的想法和愿望。同一期中，杨遥的中篇小说《流年》，我们从文本上看到了二十世纪八九十年代先锋小说的影子。小说文本与王家卫执导的电影《重庆森林》形成互文关系，小说人物聂小倩与《重庆森林》中王菲饰演的速食店打工女孩同样构成互文关系。这两对繁复的互文关系又构成了一种意义呼应关系和结构关系。刘恪、陈家桥等先锋作家都曾是这种互文性写作的代表人物。

当下文学，不仅仅有现代主义、后现代主义，现实主义也一直在我们身边不曾离开，它甚至依旧占据着文学审美的主导地位。《长江文艺·好小说》转载的作品，似乎都是以现实主义为主基调，但仔细品味，你会发现，这些作家的作品大部分都受到了各种思潮和流派的影响，张楚在本期"创作谈"中就坦言，他写《草莓冰山》是受到了莫迪亚诺的影响。

面对传统现实主义的逐步分化，面对宏大叙事的退潮，个人化写作的普及，文学多元化发展的过程中，在学界，比如著名评论家丁帆等学者则表达出了他们的忧虑和批评。他强调，文化可以多元，创作可以多元，价值却万万不可多元，否则我们将无法辨别人性活动中的真善美与假恶丑。作家如果放弃重大题材，过分注重琐碎的日常生活题材，对社会事件、现象和思潮缺乏人文关怀，对事件和事物的判断力就会下降，进而造成思想能力和审美能力的退化，在某种程度上也消解了作家作品对宏大的现实问题发言的能力。

这是另外一个层面的问题，但在文学多元化发展的过程中，这些问题都无法回避。

文学界从来不缺乏问题，即便如此，面对目前不绝于耳的同质化的质疑和相对平静的文学界，我们更需要以包容的心态，呼唤新的思潮和文学新生力量，他们也许就是未来文学的希望所在。

我在1999年主持《长江文艺》的"第三种写作"栏目，以编者按里的一句话拿来结尾："作为一本文学期刊，我们有责任为他们的成长提供必要的土壤，我们呼唤新人，同时尊重传统，目的是让各种颜色的花儿都能在这片园地上争奇斗艳。"

原载《长江文艺·好小说》2017年第1期

当下文学的尊严和自信

近年，相对于火爆的网络文学，曾经风光无限的严肃文学处境着实有些尴尬。每当岁末年初，媒体都会例行评点文坛的收获和动向，解读文学界危机四伏的现状。文学界，特别是文学期刊界，一些主编们更是忧心忡忡。

自20世纪90年代先锋文学式微以来，我们的期刊主编们忧虑的内容也在不断发生变化，从"先锋"之后文学将走向何方，到文学期刊的改制，到如何应对网络文学来势汹汹的冲击，到如何避免文学的进一步边缘化，再到现在的如何与新媒体结合，等等。

互联网，特别是移动互联网的普及，使得信息传播空前便捷。在一些文学论坛上，主编们近期的忧虑，主要集中于文学该如何与新媒体相结合这个话题。文学期刊目前最主要的传播途径，还是邮局发行。对作家、作品的推介，也仅限于官方微博、微信公众号。由于文学在整个社会生活中的影响有限，微信、微博的推介有效性还不尽理想，主编们的担忧也来自此。

文学的承载和传播，从竹简木牍时代，到造纸印刷时代，到信息时代，最后到现在的移动互联网时代。技术是有代际更替的，现在的更替速度更是惊人，连火爆的网络文学网站都在感慨他们已经是传统企业了。面对这样的变化，整个文学界一时都有些眼花缭乱，都在强调与新媒体的融合，但文学的传承和发展是超越代际的，将来也一定是。新媒体不是洪水猛兽，跟文学不是对立关系。整个文学场域，变化的是承载和传播的技术、方式，而不是文学本身。但在这样的代际更迭时期，文学界不能无动于衷，而是要适应新的传播方式，以避免与读者失去联系。传统的发行方式与新媒体的传播方式会共存很长时间，但新媒体终将取代邮局订阅，就像古人自从可以在纸张上阅读文章之后，就会渐渐放弃竹简一样。如果我们一直固守纸质媒介，对新媒体缺乏应有的重视，将会丢失大批的青年读者。因为他们已经养成了电子屏阅读的习惯，他们获取文学作品的方式也都是通过互联网。所以，我们需要利用新的传播方式寻找新的读者。

不仅中国的文学期刊主编，就连世界上最知名的文学机构——诺贝尔文学奖官方——也在担忧因囿于传统而被全球主流媒体忽略。相比以往的诺奖颁奖活动，为了提振诺奖的形象以及提高新媒体传播效应，诺奖官方近两年采取了多种措施，包括更新诺奖视觉字体，新媒体视觉设计，以及将颁奖活动延展到一周的时长，等等。

我们生活在一个科技空前发达的时代，人们的娱乐消费也远远超越了以往任何时代。电影、电视、游戏、网络社交，这些娱乐形式占据了每个人一天中大部分的闲暇时间，很难再挤出时间留给文学了。文学也更难成为人们交流的主要话题。考量社会发展趋势，文学的边缘化应该是今后的常态，哪怕世界顶级的文学事件诺贝尔文学奖的开奖，也仅能引起媒体短暂的关注。所以，文学的生存与发展，需要与国家的财政机制挂钩。皮埃尔·布尔迪厄曾说："凡是提供'高级文化'的机构，只有靠国家资助才能生存，这是一个违背市场规律的例外，而只有国家的干预才能使这个例外成为可能，只有国家才有能力维持一种没有市场的文化。我们不能让文化生产依赖于市场的偶然性或者资助者的兴致。"基于这样的观点，黄发有在一篇论述文学期刊改制的著述中也说，高度市场化的西方世界尚且如此，在中国"依赖于市场的偶然性或者资助者的兴致"办文学期刊，其难度可想而知。因此，把文学期刊完全推向市场，让其自生自灭，并不合理，评价体系也不应该把畅销与否作为衡量期刊价值的最高标准，国家应该选拔其中有特殊人文价值但缺乏市场前景的期刊，给予资助，维持那种能够成为民族文化积累的"没有市场"的文学。

实际上，近年国内大部分文学期刊也都得到了国家财政支持，生存条件大为改善。目前存在的只是与网络文学火热的在线场景和丰厚的经济收益相比较形成的巨大落差。

不过，"诗和远方"永远是浸沉在物质生活里的人不会磨灭和有待实现的梦想。给这样的梦想预留空间，也是被边缘化的文学存在的价值之一。

但是在先锋文学式微之后，质疑和消极的声音就不断在文学界流行，他们对文学的边缘化深怀焦虑。大部分报纸砍掉了文学副刊，不少文学期刊停办，也有一些文学期刊试水流行阅读市场，走情感、青春等路线，却鲜有转型成功者。

在这种背景下，有学者提醒，文学期刊的改版一定要有所放弃和拒绝，什么都想要，结果可能什么都抓不住。越是想让更多的人接受和认同，就越适得其反。

从新文化运动开始，中国具有现代意义的写作也就 100 年时间。纵观这 100 年，严肃文学的处境在大部分时间都与当下相似。一些文献资料经常会提到，鲁迅的母亲鲁瑞虽然爱读书，却不太喜欢看鲁迅的小说，她爱看的是张恨水的小说。张恨水每有新作出版，孝顺的鲁迅都会在第一时间买来送给母亲。母亲问鲁迅为什么不写张恨水那样的作品，鲁迅的回答很淡然：我写我的。这个淡然的回答有太多解读的空间，还有鲁迅的理想主义和坚定的自信。其实这也是中国文学没有丢失的传统，这个传统在当下很多作家身上都可以找到。《长江文艺》2018 年第 12 期发表了姚鄂梅的短篇小说《旧姑娘》，经杂志的微信公众号推出后，第一时间被一个情感类的微信公众号改头换面成了《一个妈妈在癌症之后这样安排她的女儿，这才是女人！》，除了标题，内文一字未改，两天时间点击量超过 10 万，读者的留言更是目不暇接。文学作品成了鸡汤文的蓝本。鸡汤文比姚鄂梅的小说更有轰动效应，经济收益也更为可观，但此事之后，姚鄂梅的写作路径没有发生任何改变。你火你的，我写我的。当然，我们也由此看到了当下文学的传播困局。这是另外一个话题。

市场的终归属于市场，文学的终归属于文学，哪怕文学已处于时代和社会的边缘。当下文学应该有这个自信，只有坚守和自信，才会有当下文学的尊严。

文学场域的外部环境不断变化，虽论争不断，文学理论界也一直比较从容。比如，二十世纪八九十年代以来，对于先锋文学不遗余力的推介，以及关于"纯文学"的论争等，现在看来，虽有很大的局限性，但那种与商业文化相对抗的文学观，以及将文学当作一门纯粹的艺术的执着和自信，依然具有现实意义。

文学期刊界的情况则要复杂得多，自20世纪90年代开始，一些期刊为了走出困境，纷纷改弦易辙，想当然地认为只要降低品位，走时尚和通俗路线，期刊就一定能大红大紫。结局肯定是事与愿违，还遭到了"文学的自杀"的激烈批评，经过二十多年的摸索，很多"走出去"的文学期刊又重新回归本位。

在缺乏思辨性、反思精神和理想情怀，缺乏鉴赏能力成为社会普遍现象的时候，我们的坚守显得更具有价值。如果我们不能让当下文学处于应有的思想深度和审美高度，长期只有高原没有高峰，甚至连高原都不多见，多年以后，当整个社会已经非常富足，追求充实的精神生活成为社会潮流的时候，再回望今日，那将是这个阵地上的战士的失职，也将令当下的文学蒙羞。

阵地需要坚守，但观念需要与时俱进。文学的发展一定要适应时代和社会的发展，落后于时代和社会，落后于大众总体审美高度的文学，必将被淘汰。就如同在政治经济学语境中，说经济基础决定上层建筑，生产关系一定要适合生产力状况一样。当下文学与科技，与其他艺术门类的互动越来越频繁。新的思潮，新的文学形式在不断酝酿，等待合适的时机破茧成蝶。开放、包容、多元，将是今后文学的基本格局。面对新的动向，我们今年也开设了新的栏目：锐青年、幻想客。

从作家，文学期刊（文艺出版社、报纸文学副刊），文学理论与批评家，到读者，形成一个完整的文学生态系统。在一个大体健康的生态系统里，即使处于社会的边缘，文学也能生机勃勃，站到艺术之河的潮头。纵观100年的现当代文学史，文学的内部总有一种通过内生动力推动的持续自我更新的能力，这也是文学的一种自信。

　　不变的是阵地，是初心，只有不变，才能赢得尊严；变的是思想和文学的形式，只有变，才能获得重生和荣光。

原载《长江文艺·好小说》2020 年第 1 期

网络交互时代的文学景观

  包括文学在内的各种艺术形式，都需要存在于特定的交互世界，才能实现其价值和意义。在文学场域，各种交互关系无处不在，交互可以生成新的文学性，并形成文学传统。互联网技术的飞速发展，改变了每一个人的日常生活，也改变了我们获取知识、信息的途径和速度，思想观念层面的变化更是显而易见。网络在日常生活的中心地位逐渐确立，对文学语境的影响更是全方位的，文学随之进入前所未有的交互时代。相较于书籍、期刊、报纸等传统媒介，依靠互联网技术发展起来的网站、QQ（空间）、微博、微信（公众号）、抖音等平台，逐渐成为更加活跃的新媒介。数字化互联技术为今天的网络文学提供了传统写作难以企及的交互可能，媒介越来越成为一种生产要素，新媒介的崛起，将受众的交互性渴望淋漓尽致地释放出来。

  21 世纪之初，当普通人刚刚接触互联网的时候，网络文学作为新生事物接踵而至。面对传统的严肃文学，以"异类"和闯入者身份出现的网络文学，投向它的，更多的是怀疑、警惕，甚至是不屑一顾的眼光。网络文学是一个庞杂、包容的生态系统，因为互联网便捷的交互功能，前网络时代的通俗文学，包括类型文学，以及一些便于流行的亚文学，都逐渐转移到了网络媒介。二十年已过，这个"异类"已经登堂入室，在大众文学领域取得了丰硕的成果。在此过程中，网络文学以及科幻文学已经取得了巨大的合法性，没有人再质疑它们的"身份"，中国作协继成立了与小说、诗歌、散文等文体并列的网络文学委员会之后，又成立了科幻文学委员会。一些大学也陆续成立了网络文学研究机构，吸引了越来越多的优秀作家、研究者加入其中。

近年来，在网络文学的各种文类中，科幻文学受到了文坛更多的关注，不仅因为它是充满生命力与时代感的类型，还因为在严肃文学与网络文学的交互中，科幻文学脱颖而出。有学者认为，科幻天然具有"越界"的生命力，涉及"人类学和宇宙学思想领域"，它最重要的价值在于描绘"可能出现的替代事物"。这样的描绘具备"离间化"与"认知陌生化"的作用，而这构成了科幻文类的本质规定性。当郝景芳、陈楸帆等"80后"科幻小说家从《科幻世界》转场到《收获》《中国作家》《青年文学》《上海文学》《天涯》《芙蓉》等传统的严肃文学期刊，当蒋一谈、王威廉、陈崇正等纯文学作家也开始创作科幻小说的时候，意味着严肃文学与科幻文学的边界已经被打破，两者的交互生成了一个交叉地带，这个交叉地带逐渐得到了文坛的关注和认可。

科幻文学成为网络交互时代令人瞩目的景观，也有相应的背景。当下的现实生活已经严重碎片化、文本化，日常生活的方方面面都有可能被个体的人上传到网络，突发的、传奇的事件，随时都有可能被消解成不同视角、不同向度的文本碎片，同质化的文学文本比比皆是，现实题材的文学创作，遭遇了前所未有的难度。而面向历史资源的发掘和解构也已走到瓶颈。陌生化的表达，是文学创作的重要动能。科学技术的加速发展，以及各种新媒介传播效能的提高，让作者和读者的科学素养同步提升，科幻走向繁荣成为必然。

当然，依然有很多学者在强调文学的主体性，认为网络的交互性堪称是一把双刃剑——既提供了文学生产与消费的便利条件与新的可能，也埋下了稍有不慎便会跌落的艺术陷阱。他们的本意是为了维护严肃文学的纯粹性。但我们一定不要低估文坛吐故纳新的能力和自身的纠偏能力。忠于自己文学理想的创作者从来都知道如何取舍。一百年前，鸳鸯蝴蝶派盛极一时，现代文学不还是一直保持了自身的独立性，直至今天？

论及科幻文学，有学者还指出，在探测最细微的人性与最宏大的宇宙时，科幻凭借从无到有的"设定"来开展"社会实验"，进而成为陌生化固定认知的思想工具。这是其他当代文学类型，包括主流严肃文学、纯文学难以做到的。它借由"未来"而非"历史"去面对当下。这个观点准确描述了科幻文学在当下的价值。

在文学内部，从来不缺乏创新的动力，即便严肃文学一再被边缘化，也一定会有创作主体立足于当下，超越对已有文学世界的路径依赖，发现文学新的可能性。

近年来，散文文体显出疲态，"非虚构"兴起，散文有被进一步边缘化的危机，散文界也出现了突围的呼声和探索。当李修文从历史和社会生活中寻找写作资源，并借鉴小说的叙事修辞，他的散文变成叙事文本之时，褒扬之余，各种疑惑的声音也出现了。李修文在他的散文创作过程中，引入了文章学概念。中国文学的文章学传统，面对类似问题显得相对包容，比如《桃花源记》，历史上就未曾有人质疑陶渊明的叙事真实性。而依照现代文学理论对于文体的理解，小说的叙事是以虚构为基础，散文的叙事则是以非虚构为基础，李修文的散文"真正突破了"虚构与非虚构的界限。"问题"就出在这里，散文与小说文体的这种交互是否恰当？在一片争议声中，通过各种新媒介的推波助澜，特别是一些微信公众号的推送，作品广受读者好评，积累的粉丝越来越多，让散文这一文体在读者市场还出现了一定程度的热度。互联网交互技术重塑了年轻一代对于现实和虚构的认识，虚构与非虚构的界限变得模糊难辨。李修文的作品，有的读者当散文来读，有的读者当小说读，对于作品的理解出现了不同向度，这与时代的发展息息相关。年轻一代对这种变化保持了开放的姿态，这意味着，在文学内部，曾经认定的边界必然会松动。

与小说一样，散文这一文体对于边界的设定，本来就保持了足够的弹性。王尧认为，文体的嬗变，特别是突破原有的框架而产生的新的融合，这是文体本身的跨界。所有"跨"的背后，涉及文体融合与分离的循环以及文学性的重建。文体是被定义的，被定义的文体在发展过程中不断突破定义，于是文体又被重新定义。王尧提到的"跨界"，本质上就是文体间的交互。

小说文体的跨界也有迹可循，不仅仅是纯文学作家对科幻的跨界，与其他新兴文类的融合也出现苗头。非虚构文学具有明显的时代特征，这些年迅速被读者所接受。小说与非虚构文学的交互，将会呈现一种什么样的景观？钟求是的短篇小说《比时间更久》为读者提供了新鲜的文本。作品分为三部分：虚构部分、非虚构部分、结尾。当然，结尾的叙述也是虚构的。作者在文本中直接交代了小说这样结构的缘由，因为小说的情节与张艺谋的电影《一秒钟》中的情节"撞车"了，作为一位严谨的作家，他不能允许自己继续虚构。但"撞车"的情节，在现实生活中确实有原形，何不用非虚构的形式呈现出来？这是一个非常大胆的尝试。当然，小说是一种更加包容的文体，足以容纳这样的尝试。《比时间更久》同样打破了"虚构"与"非虚构"的界限，呈现出的是一种不一样的文本景观，虽然作家无意在小说与非虚构文学之外创造一种新的文体，我们也仍然会将作品定义为小说，但作家在小说文体内部实现"跨界"，小说的文学性也因此有了新的可能性。

软科幻的跨界，散文文体的争鸣，抑或小说文体内部的"跨文体"现象，这些都是在网络交互时代背景下文坛出现的新的景观，通过这些新的景观，我们可以感知当代文学的新变。

在文学内部，不论是文体，还是文本的形式、内容和语言，从来都是不断发展变化的。技术的发展和观念的进步造就新兴的物质文化。印刷术是宋代话本小兴起的重要推动因素之一。明清时期，社会生产力进一步提高，纸张的生产规模逐步扩大，加上活字印刷术的普及，使长篇小说的广泛传播成为可能。清末民初，现代印刷技术让报刊、书籍和通俗小说的流行变得容易，而"五四"新文化运动更是催生了现代文学。20世纪80年代初期，改革开放带来的"知识爆炸"是先锋文学兴起的时代背景。这些都深刻地印证了王国维的一句话："一代有一代之文学。"

我们所处的时代，以网络技术和数字技术为核心的超级现代化，为让后世惊叹的文学嬗变提供了无与伦比的物质基础。时代快速发展，让我们都遭遇了海量的未知。当下文学何去何从，并没有现成的路径，也暂时无法形成共识，但把时间拉长，以文学史的眼光打量文学现场不断出现的新的文学景观，也许会看得更加清晰。

原载 2022 年 10 月 19 日《文艺报》

后现代主义艺术的现实困境

当《大话西游》《赤壁》《武林外传》等解构题材的古装影视作品红极一时，龚琳娜的《忐忑》被奉为神曲，你会觉得，后现代主义再也不是一个离我们很遥远的概念。它作为一种观念或者思潮，甚至生活方式，已经在当下中国社会的多个层面深入人心。

2012 年下半年，韩国歌手朴载相《江南 Style》的流行，是后现代主义的一次全球性普及和狂欢。每当《江南 Style》的旋律响起，年轻的中国歌迷也会翩翩起舞。但这并不意味着后现代主义艺术在中国已经畅行无阻。恰恰相反，在国内，很多有后现代特征的作品问世之初，都是一波三折，甚至受到冷落和责难。即便是中国后现代主义艺术的早期代表作、周星驰主演的电影《大话西游》刚刚上映，在内地也是票房惨淡，观众评价"太离谱""太吵太闹"，电影公司将它列为"不被看好的电影"。直到将近两年后，影片受到众多高校学子的追捧，逐步发酵，才慢慢引起关注和重视。

社会发展程度不同的国家，对后现代主义艺术的接受程度是不一样的。当下中国正处在一个文化观念多元混杂的时代，从传统文化，到现代文化，到后现代文化，分别占有不同份额的市场，但传统的文化观念还是主流。任何社会，除了受大众欢迎的主流文化，还会有不适应时代发展、逐步被边缘化的文化，也会有走在时代前列、先锋的、超前的文化。在这种多元文化观念并存的背景下，各种文化观念的碰撞和交锋也就不可避免。后现代主义艺术面临多重文化观念的冲击和挑战就可想而知了。

同时，后现代文化是一种没有中心的多元文化，宽容各种不同的标准。正是这个原因，后现代主义艺术内部分支流派众多，各种思潮芜杂，没有一致认同的理论体系和评价体系。在普通受众对后现代主义艺术还是一知半解，甚至一头雾水的时候，一部后现代风格的文艺作品问世，很容易受到各种观点的牵制和左右，一些观点被放大，对作品的传播会产生致命的影响，让这些后现代主义艺术作品的命运充满了不可预知性。

回顾近一年的文化市场，在层出不穷的文化热点中，我们可以找到不少案例，这些后现代风格的文艺作品，不是在唾沫中成功，就是在唾沫中消亡。比如徐铮导演的电影《泰囧》，比如龚琳娜的歌曲《金箍棒》。《泰囧》上映之初，包括低俗之类的种种负面评价不绝于耳，但其本身所具备的充分的消费文化元素，借助成功的市场营销，加之网络的推波助澜，使票房节节攀升，最终超过了 11 亿，创造了内地电影累计票房和累计观影人数的新纪录。一俊遮百丑，《泰囧》成功了。

而另一备受争议的后现代主义作品，龚琳娜的《金箍棒》就没有这么好的运气了。《金箍棒》一面世，《敢问路在何方》的曲作者许镜清就忍不住了，痛批龚琳娜的作品"低下恶劣"。网络上更是嘘声一片,骂声此起彼伏。这样的受众回应让龚琳娜措手不及。在此一年前,她的《忐忑》一面世,就受到热捧,影响波及全国,甚至全球华人圈,被奉为"神曲"。一年后,她以同样的路数创作的新曲《金箍棒》却被归类于"低下恶劣"了。相隔一年,风格类似的两首歌曲,受众的评价却如此迥异,原因何在?这也是包括后现代主义文艺作品的创作者在内的很多人苦苦寻找答案的问题。我们不妨分析一下这首"低下恶劣"的歌曲。没有完整的歌词是《金箍棒》《忐忑》共同的特点。两首歌曲,都是通过音乐的节奏、简单的歌词和形体语言表现人物的心理活动,带有很强的实验性质,先锋味十足。为了烘托孙悟空得意、起伏的内心世界,龚琳娜干脆将自己和所有的乐队成员都当成了演员,在舞台上载歌载舞。她自己也头插雉鸡翎,画上金色脸谱,装扮成女版孙悟空。此外,观音菩萨打扬琴,女版猪八戒拉手风琴,沙和尚拉大提琴,牛魔王和铁扇公主敲鼓,哪吒吹笙,嫦娥拉二胡……龚琳娜的德国丈夫老锣也客串了一把唐僧,出场唱了几句"Only you……"场面欢快热烈,无厘头十足。网友戏称这是"神的组合"。《金箍棒》解构了《西游记》,又在电影《大话西游》里寻找灵感,整部作品有些像歌曲,又有些像歌舞剧,更有些像小品。《金箍棒》显得另类,和传统歌曲格格不入。它比《忐忑》走得更远。那些对后现代主义艺术不甚了解,或者全然不知的受众,还能将信将疑地"欣赏""神曲"《忐忑》,而《金箍棒》这场在他们看来不知所云、闹哄哄的演出则让他们完全不能接受。

受众为何对《金箍棒》的评价如此负面?龚琳娜自己认为,最主要的原因,《金箍棒》是以《西游记》为背景创作的,"孙悟空这个形象太经典深刻了。突然出来一个如此颠覆的作品，大家很自然就会产生抵触的心理"。龚琳娜也意识到，以娱乐、戏谑的方式解构经典，是存在巨大风险的。《忐忑》和《金箍棒》就是两块试金石，它们测试出普通受众对于解构经典的认可程度，适当地解构创新，显然要比过度解构经典、娱乐经典更受欢迎一些。

《金箍棒》其实就是一种音乐上的实验，这种音乐受众喜欢或者不喜欢，都可以理解，即使网上骂声一片，也无须大惊小怪。在一个文化观念多元化发展的时代，每种音乐都有受众。比如《金箍棒》，大家都在讨伐的时候，电视连续剧《西游记》里孙悟空的扮演者六小龄童就表现出了对它的喜爱。

二十多年过去了，后现代主义艺术在中国的发展并不是很成熟，虽然有《大话西游》《泰囧》等成功的案例，但它们依然经常被曲解，或者误解。我们不妨在此对中国后现代主义艺术的审美表达所呈现出来的基本特征做个梳理，这也有助于真正理解后现代主义的精神实质。有学者将它的特征在三个层面进行了归纳。最基本的特征：对大众欣赏口味与俗文化表现出热衷的态度，并淡化精英文化与大众文化之间的界限，如将高雅主题用低俗语言表达，或者将低俗主题以高雅的形式反映等，以此显示大雅与大俗相通，这被认为是一种"解构"行为，是后现代主义艺术的主要标志之一。后现代主义艺术家认为，艺术不应该端着架子，高高在上，可以唱简单动人的民歌小调，也可以唱大歌剧，只是不同形式而已，没有高下之分。后现代主义艺术并不强调作品的深度，作品无须高深莫测，也无须严肃刻板。第二个特征：在艺术表达层面表现出折中主义的倾向，不拒绝，甚至鼓励不同风格、不同类型艺术手法之间的混合，以形成文体的杂糅。第三个特征：为了应对现代主义的文化枯竭，后现代主义的表达倾向于淡化对文艺原创性的强调，转而对解构、戏仿、拼贴表现出了前所未有的兴趣，以寻求原始文本的新意。

后现代主义的无中心意识和多元价值取向，又使人们的思想不再拘泥于社会理想、国家前途、传统道德、人生价值等，人的思想得到彻底解放，对于自我有了更深刻的了解，但同时带来的一个直接后果就是评判价值的标准不再明确或者全然模糊。

后现代主义呈现出的这些特征，与后工业社会的生活节奏加快，生存压力和精神压力等非物质形式的压力增大，社会关系纷繁复杂等时代背景相关。了解了后现代主义艺术的这些特征和背景，就不难理解它所面临的多重困境。

后现代主义艺术是后工业社会的产物，作为近些年出现的新生事物，它的出现有其合理性和必然性。在当下中国，对待它的态度是否到了宽容的地步呢？答案是否定的。很多后现代风格的文艺作品问世，都会遭受低俗、浅薄等负面的评价，以及没有社会责任感、没有历史使命感，作品经不住时间的考验，出不了经典之作等责难。

后现代主义艺术还有另外一个生存空间。在这个空间里，它们的处境则相对宽松自由。后现代主义降低了文学和艺术的门槛，这就让更多人参与到"艺术"创作中来。与20多年前相比，中国的社会语境和意识形态发生了很大的变化，特别是互联网的普及，年轻一代无论是在知识结构还是在视野上都有很大发展。此时，传统的文艺作品已经无法适合这一代人的口味，他们从模仿西方的文艺作品开始，自娱自乐，网络的普及又让这些"作品"的传播成为可能。于是就有了模仿后街男孩的"后舍男生"走红网络。这期间，许多网络歌手声名鹊起，自 2004 年杨臣刚的《老鼠爱大米》一夜爆红之后，又走出了庞龙、香香、凤凰传奇等网络歌手；网络文学的创作则更早一些，从早期的榕树下、天涯社区，到后来的起点中文网、幻剑书盟、晋江文学城等，早期的网络写手如郭敬明、韩寒等也早已成名。近两年微电影的流行，也是一种新兴的后现代主义艺术形式。

网络上创作和传播的文艺作品，一般都在一个相对封闭的群体里流行，比如文学网站，创作的是网络写手，阅读的是网络读者，这是一个密闭的空间，传统读者很少光顾这里。创作者的影响如果超越了网站和所在的"圈子"，各种各样的评价便会泥沙俱下，让人难以抵挡。2012 年"韩寒代写案"的论争就是例证，这次论争甚至成了当年的公共文化事件。事件起先是围绕韩寒是否由人代写文章、包装成名展开的，后来话题迅速转移，最后演变成了"韩粉"和"韩黑"的大对决，一些国内知名的作家、学者以及社会名人也牵扯其中，场面蔚为大观。由于韩寒的成长和高涨的人气，传统的眼光已经不愿将他当成网络作家了，对他有了更高的要求，他必须写出有深度的作品，必须经得起时间的检验。幸好是现在提出这样的要求，如果在他刚刚出道的时候，这些要求扑面而来，也许就没有现在的作家韩寒了，只有大学生韩寒，或者公司职员韩寒。

当下中国，后现代主义艺术家绝大部分都不属于体制内，他们直接面向市场，创作的是文化消费品，市场是他们的衣食父母，他们迎合市场也在情理之中。中国还有大量体制内的文艺院团，他们在弘扬主旋律、承担社会责任方面做了很多工作。体制内体制外两大块，形成了自然的分工。在这种分工格局下，应该给那些具有先锋精神的新一代文艺工作者和他们的作品多一些空间，多一些宽容。既然有经典的传世之作，就应该有流行的文艺作品。如果以传世之作、作品深度、高雅等标准苛求这些文艺工作者，那么中国永远也不可能出现《江南Style》这样具有全球影响的流行文艺作品了。

笔者无意在此为后现代主义艺术家及其作品辩白。他们所面临的困境，与中国当前所处的社会发展阶段和文化观念有关，也与他们自身存在的众多问题和局限有关。对于受众的各种议论，后现代主义艺术家们应该将其视为忠告。当下流行的很多后现代风格的艺术作品，都存在着一些显而易见的问题和深刻的矛盾。学界普遍认识到的问题包括如下两个方面：

首先，后现代主义打破了艺术与生活的界限，一向被认为崇高和高雅的艺术因此打上了商品经济的印记。后现代艺术对古典艺术、现代艺术的冲击，也导致了崇高和理想的衰落。如果后现代主义艺术的这股风潮占据文化市场的主导，难免会导致文化生态失衡和大众文化素养的低俗化。后现代主义艺术的创作，如果没有自律，没有底线，浅显滑向浅薄，通俗滑向烂俗，这样的艺术将没有出路，同时也会贻害无穷，产生的负面影响将是深远的。

其次，后现代主义的"复制性"导致"快餐文化"泛滥。无节制地解构、戏仿，使千锤百炼的文化精品的出现变得几乎没有可能。近年，架空穿越题材的作品泛滥成灾，他们日复一日地为受众提供各种大同小异的流行文化产品，如同满街的快餐，廉价而畅销，批判热情、现实精神、创造动力都消失殆尽。这样的文化市场终究会让各个层面的受众感到厌倦。

后现代主义作为一种思潮，自它诞生之日起，就"不走寻常路"，打上了反传统、反崇高的烙印。它与传统伦理道德和传统文化观念发生决裂，与流行文化结合之时，也被赋予了消费文化的功能。而过度"消费"、娱乐至死的倾向恰恰成了后现代主义艺术受到诟病的原因之一。

中国正处在与社会转型期相对应的文化转型期。只有充分尊重各种文化类型的差异性，只有各类型文化崇尚创新、自律，健康、可持续发展，才能保持整个社会的文化生态平衡，保持中国文化的魅力和活力。后现代主义艺术更应该逐步提升作品的艺术水准和精神高度，克服自身的先天不足，才能走向主流，也才能真正走出无法把握自身命运的困境。

原载 2013 年 8 月 19 日《文艺报》

第二辑

在　场

坚定的寻觅者在路上

　　为了建立与现实生活的紧密联系，避免作品的不及物问题，我们经常会听说一些作家从书斋走出来，走向生活现场，比如乡村、社区、医院、敬老院，甚至戒毒所。本来，这也是中国文学的传统，从《诗经》的《国风》，到唐代的诗人，到清朝的小说家，莫不如此。

　　诺贝尔文学奖得主阿列克谢耶维奇曾在一次访谈中说："真正的生活和要了解的事实在外面，而不在家里，因此要走出门倾听，了解他们心里真实的想法。""我对自己的采访对象从没有确切的标准，我永远在寻觅他们的路上。很有可能在旅途中，在咖啡厅，在街上偶然相遇，对方一句简单的话激发出你的一种不知从何而起的情绪，然后你会停下脚步……我时刻准备着这样的相遇。"在文学创作的客体的认识和处理上，李修文与阿列克谢耶维奇颇有相似之处。

　　在《山河袈裟》的序言里，李修文写道："收录在此书里的文字，大多手写于十年来奔忙的途中，山林与小镇，寺院与片场，小旅馆与长途火车，以上种种，是为我的山河。""我的山河"，应该就是以上所说的"生活现场"。

李修文的奔忙，还不止是抵达"生活现场"，他的目标应该是要"找到""人民"，走进"人民"的内心。"人民"这个词更多的是出现在政治话语中，但在他的文学场域里，"人民"是个感性色彩很强烈的社会学词语："人民"是谁？不是别人，是你和我的同伴们和亲人们，是你和我的汇集。许多时候，"人民"是失败，是穷愁病苦。"我曾经以为我不是他们，但实际上，我从来就是他们。"

他还曾写道，"我想要在余生里继续膜拜的两座神祇：人民与美"。可见，人民和美，指向了他创作的精神向度和美学向度。

我们从《我亦逢场作戏人》（《天涯》2019 年第 3 期）说起。作品带有李修文十余年来散文创作的特征，但读者可能更愿意将它当成小说阅读。作品是一个彻头彻尾的叙事文本，有完整的故事，有终极意义的呈现，而绵密的心理描写和细节描写，更时刻在提醒读者：这是一篇小说，它通向了人物的内心。

美国当代文学批评家韦恩·布斯在《小说修辞学》中提出了"隐含作者"的概念。《我亦逢场作戏人》的隐含作者，即"我"，是前花鼓戏演员、关公的饰演者，他是叙述者，同样也是小说的角色。

作家将目光投向了一个普通人的情感历程。在切入"我"的命运叙述和内心情感时，作家没有采取高高在上的俯视的姿态，更没有批判的意思，从而实现了口述者"我"的个人层面的"客观"。"我"在口述过程中不停称呼"修文兄弟"，这也是相互的平视视角，文学创作的主体和客体实现了对等的关系。

一般来说，文学作品中作为客体的人物，是被作者叙述刻画的对象，他们的角色是被动的。但《我亦逢场作戏人》中的"我"，却走上了前台，"主动"承担起了叙述的责任，作者（修文兄弟）则处于边缘位置，或者说一直在倾听，始终一言不发。文本中的人物"我"获得了极大的自由。主体和客体同时在场，但"我"是客体，作为创作主体的"修文兄弟"在场却选择身份隐退，只充当客体倾诉的对象。这种叙述方式，在诸如阿列克谢耶维奇的《切尔诺贝利的回忆：核灾难口述史》等国内外纪实文学中较常出现，在时下盛行的非虚构作品中也时常可见。但在小说文体中并不多见，在散文文体中则更为罕见了。这也显示出作家在文本和文体层面的开放性和先锋意识。

作品中的"我"，是一个命运波折的失败者，作为传统文化的承载体，花鼓戏表现的是传统伦理背景下的人物和事件，传播的是忠孝仁义等道德观念。"我"自己编的花鼓戏《桃园三结义》，曾经是在各地表演的保留曲目。在演戏的过程中，"我"深深代入到这个角色，很长一段时间，"我"的行为处事方式，都是严格按照"二弟"关公的标准来要求自己。"我"处处碰壁，即使"我"时刻告诫自己："我"亦逢场作戏人，但"我"自始至终就没能做到。"我"始终无法将自己当成局外人，跟我密切相关的人，最终他们的事情成了"我"的事情，甚至还为他们"两肋插刀"，从不分辨是非对错。花鼓戏唱不下去了，结义的三兄弟各奔东西。后来小生意也做不下去了，"我媳妇"终于心灰意冷，离"我"而去。"我"辗转成为老板的司机。老板丧妻两年，"我"为他接送相亲的女子时，却接到了"我从前的媳妇"。女人背叛"我"，我不记恨；女人离"我"而去后，找过一个有钱的中国台湾人，还给他生了儿子（后来发现被骗），我不记恨；

女人求"我"成全她跟老板的好事，"我"居然答应，居然潜入她的"竞争对手"家里动了手脚，让她如愿以偿。"我"从来就不是旁观者，从来就不是作戏人。

而对大哥和三弟，"我"则更加没有尺度。在"我"穷途末路之时，又查出得了胃癌，这个境地，是"我"最需要关爱的时刻，偏偏又遇到了大哥和三弟。他们也曾做过小生意，却把路走偏了，赌博、吸毒，妻离子散，又染上别的病，他们跟"我"比惨，目的是找"我"索要关爱。声称"我亦逢场作戏人"的"我"，"心里又动了一下"，最后是"我跟你走"，去了他们租住的地方。"我"把不多的活命钱和"我"可以做到的最大限度的爱，都奉献给了他们。"他们想用这几个钱来活自己的命。"自始至终，我全然不在意大哥和三弟是否算计"我"，即使"我"已觉察。冬天，三弟真死了，"我"无力在城市安顿他的后事，租一辆板车，沿二〇七国道，雪夜送他回老家。"我"未来的打算，也是回老家，"回去照顾大哥"。大哥也是将死之人，他可能走在"我"的前面。令人唏嘘的结义三兄弟。

"我"干过坑蒙拐骗的事情，"我"还装过死，"我"选择原谅和帮助"从前的媳妇"、大哥、三弟，无非是为了活路，为了尊严，为了情义。"我"的忠孝仁义等观念是传统文化的精华还是糟粕，是需要弘扬，还是需要摒弃，暂且不论，但这种观念与当下的商业社会格格不入是不争的事实。但在"我"的生命历程中，主导"我"的情感的，还是"情义"二字。虽然"我"不时告诫"修文兄弟"，在日常生活中，要能做到"我亦逢场作戏人"。

作品中，我们不仅读到了苦难，还读到了苦难中人心的温度。观念的坚硬和行事的柔软，呈现在读者面前的是一个矛盾的集合体，他的柔软和情义，只会结出失败的果实。该如何评价"我"，如何评价"我"的情义呢？答案也许就在读者的内心。而作家自己也有一个基本的判断："人民"是一个极其复杂的群体，它可能体现出这个民族最珍贵的品质，但是毋庸讳言，劣根性也尽在其中……目前这个阶段，我选择赞美……哪怕我的角度和态度是狭隘的，我也将继续选择视而不见。这样的判断交织着作家复杂的情感。

阿列克谢耶维奇说，"我对灵魂的历史感兴趣——日常生活中的灵魂，被宏大的历史叙述忽略或看不上的那些东西"。处于时代和社会缝隙里的人，才是最鲜活最真实的人，那里隐藏着普通人最为真实的情感。他们的生活哲学更直观，更感性，从来不深奥，只关乎爱与生存。李修文一直在寻觅这些情感，发现人物的文学性和情感的美学意义。李修文经常提到的"人民"的概念，及其衍生的"人民性"，反映在作品中，必定是对"人民"的关照、怜爱和包容。基于这样的认识，他的作品呈现出来的人物的内心，可能更接近我们这个时代的内心。作品中的情感，是大众的，也是具有普遍意义的、能够与普通读者形成共鸣的情感。这也是李修文的作品能够引起广泛关注，叫好又叫座的重要原因。

李修文近年的创作带有明显的跨文体特征，以《我亦逢场作戏人》为例，可以在文本中找到纪实文学或者非虚构文学、小说、散文等诸多文体要素，甚至还有口述史的特征。因此，读者也会有疑惑，作品中的人物和事件，是真实的，还是虚构的？李修文说："前花鼓戏演员这个人物实际上就是我父亲的司机曾经的朋友，我追踪他长达数年。作品中的人物和事件都是真实的，我本打算将它写成一篇散文。关于真实，我只尊崇美学意义上的真实。讲述者有主观的因素存在，创作者同样也有。美学才是目的，所有的组成部分只是通往它的驿站。"有一种观点与李修文形成呼应，那就是，每个人在写作的时候都会有一些虚构，而文学一般都被理解为是虚构的。如尼采所说，没有艺术家能完全达到真实。作品中，真实与虚构完全消除了界限，可以说是作家根据真实的人物和事件虚构了小说的故事，也可以说小说的故事与真实的人物和事件形成了多重互文关系。李修文的写作已经超越了文体的限制，带有明显的文体创新意味。此时，讨论作品到底应该划归什么文体已不重要。形式技巧探索的终极意义，也只是在于为主体跨向客体架设新的最合适的桥梁。被冠以散文作家、纪实文学作家称号的阿列克谢耶维奇也曾把自己的书写体裁称为"口语体小说"。

刘再复在推出"文学主体性"理论时曾说："研究文学的规律，最重要的是研究人的感情和活动、主体的审美方式、表现方式等。"李修文的文学观和作品所表现出的特征，对"文学主体性"理论做出了恰到好处的诠释。

就《我亦逢场作戏人》而言，作品不仅在主体/心理层面表现出了与传统文学不尽相同的特征，在本体/形式层面更是表现出了开拓性的倾向，实现了作品形式的自由和进入内心世界的自由，因此具有了主体论和本体论双重维度的收获。

李修文根据题材和人物的变化，根据表达的需要不断调整叙述方式，甚至文体形式，这种打破文体边界和束缚的跨文体写作，作为一种文学现象，值得我们持续关注。

　　除了对"人民""人民性"的关注和重视，从李修文早期的中短篇小说创作，如《金风玉露一相逢》等作品，以解构的方式对传统的美学意义发起挑战，到近些年对文体形式的不断探索，我们有理由相信，李修文是一个美学层面的坚定的寻觅者，而且一直在路上。

原载《长江文艺·好小说》2019 年第 6 期

性格冲突中的人物形象塑造

——读胡学文小说《风止步》

在互联网时代，信息的传递和扩散高度便捷，这大大压缩了小说家的想象空间，也对小说家的创作提出了更大的挑战。试想，当一个作家体验生活回来，打开电脑，他所了解到的一些素材，各种网站早已有文字、图片，甚至视频呈现；当一个作家苦思冥想后，作品的构思和观念基本成熟，却发现这样的叙事段落和观念在各种网络论坛比比皆是，他将怎么继续他的写作？在这种背景下，有人重提文学陌生化的概念，以应对网络对小说创作的冲击。但更多的作家泰然处之，他们有自己独到的文学观念和应对策略，胡学文就是这样的作家。

中篇小说《风止步》（《长江文艺》2013年第9期）是胡学文最近发表的作品，我们且看他是如何处理老生常谈的题材，以及如何塑造一些普通身份的人物的。

《风止步》涉及了农村留守儿童的性侵问题，还涉及了农村空巢老人的问题。这些都是网络上的热点话题。如果作者仅仅停留在此类素材的故事层面，仅仅关注这些问题，很容易让作品落入俗套，甚至概念化，但胡学文的落脚点并不在这里。他无意为读者讲述一个曲折动人的故事，而是将主要精力放在了人物的塑造上，也即现在流行的提法：贴着人物写。这一叙事策略为他打开了广阔的想象空间，也让读者记住了三个个性鲜明的人物。

世上有很多看似不可理喻的人，也有很多处事极端的人。有些人看似属于两个不同的世界，永远不可能接触，但他们以不可思议的方式相遇了，比如农村寡妇王美花和城市里靠打零工维持生计的小知识分子吴丁。在小说《风止步》里，他们的偶遇也是一次致命的相遇。

落魄的吴丁费尽周折找到了王美花，他心里埋藏着一个令人肃然起敬的使命："惩罚罪恶，替天行道。"他要将未曾谋面的王美花从痛苦的挣扎中"拯救"出来。

王美花的孙女、小学生燕燕遭到了性侵，吴丁以拯救者的姿态出现了。他要说服王美花站出来，向警方报案，将施暴者绳之以法。"拯救"的过程异常艰难，吴丁遭到了王美花没有任何商量余地的抗拒。他的所谓"拯救"，简直就是无法忍受的伤害，犹如向王美花还未愈合的伤口撒盐。这件在法律层面非常明了的事情，在王美花那里却变得异常复杂。王美花还固执地认为，这个城里人形迹可疑，是一个想"图点什么"的骗子，如果不是为了图财，他毫无征兆地出现，到底是为了什么？两者观念上的巨大差异和言行上的剧烈冲突，注定了小说的悲剧性结果。

作者还塑造了另一个主要人物马秃子。这个角色起到了考验王美花忍受能力的作用，是小说的另一个亮点。马秃子是个乡村流氓，他强占了王美花的肉体，还反复向她敲诈钱财，更重要的，马秃子就是性侵燕燕的恶棍。这一切，王美花都咬牙忍受了，只为马秃子能继续保守性侵燕燕和霸占她的秘密。她要捂住这个秘密，不容任何第三者知晓。从这一点来说，王美花有着惊人的忍受能力，只要不触碰她的"底线"。而吴丁试图说服王美花指认施暴者，将他送上法庭，让他受到审判。吴丁的这一举动已经触碰了王美花的"底线"，无异于将她家族屈辱的秘密公之于众，如果这个秘密散布开来，将摧毁她最后的精神防线。

王美花把孙女燕燕的"清白"看得比她的命还重要，虽然燕燕已经遭受了马秃子的性侵。保守这个秘密是个原则性的问题，没有退让的余地，哪怕付出任何代价。在她看来女人的清白是非常重要的，她就是一个在嫁人之前遭到强奸的女人，夫家知晓她不是"清白"之身以后，她受到了歧视和殴打。她是一个"过来人"，她的遭遇不能在孙女燕燕身上重演。所以她对吴丁的出现异常敏感，这也是她抗拒吴丁再三来访，最后以命相搏的最隐秘的原因。

吴丁的所作所为，应该说也有强大的精神支撑，他本人就是性侵的间接受害者。从前的恋人被人强暴，吴丁愤怒地向警方报案，而他这一冲动的行为，导致了恋人的跳楼自杀；他现在的女友左小青，也曾遭受性侵犯，他有切肤之痛。这就是他四处寻找性侵者，并力图说服受害者将不法之徒送上法庭的最原始的动因。

作者这样设置两个主要人物，小说的戏剧性和强烈的人物冲突也就在情理之中了，这也是小说的独到之处。

为了打击性侵者，吴丁的所作所为几乎到了疯狂的地步。他筹钱给逝去的恋人买墓地，为此买断了工龄。"这等于自断后路，他参加工作刚满五年。没人能阻止吴丁。吴丁不想用借债的方式偿还债务。一块墓地并不能勾销他和前女友的一切，有些债，永远还不清的。"他还动员现任女友左小青也站出来举证性侵者。在他看来，遭受了性侵没有必要保持沉默，"这没什么可耻，隐忍那才可耻"。但左小青也并不愿意提及以前的痛处，她极力回避这件并不光彩的事情。面对吴丁的再三劝说，她也愤怒了："你撕我的伤口，还劝我冷静，你个冷血动物。难怪你第一个女友会疯。她是被你逼疯的，她跳楼也是你逼的，你个凶手！"但吴丁仍然坚持己见，最终左小青也离他而去。

吴丁就像一个孤独的、势单力薄的战士。他试图将那些在肉体上受到凌辱的女性从痛苦中拯救出来，然而却屡屡失败，几乎所有的"拯救"都遭到抗拒。但他又是一个倔强的战士，他显得异常坚定和锲而不舍，虽然他从不被人理解和支持。他成立了"正义联盟"QQ群，通过网络，吴丁知道了王美花的孙女燕燕遭到了性侵，他试图通过网络的力量揪出侵犯女性的施暴者。

在找到王美花的时候，吴丁几乎已是穷途末路。他没有稳定的工作，也没有稳定的收入来源，连房租都付不起，更别说最起码的生活尊严了。他就是都市里生活在最底层的"蚁族"。与王美花的几次交锋，他显得有些笨拙，没有任何策略，更没有胜算的可能，但他既胆怯又执着。

王美花先是想"舍财免灾"。她凑了八千元钱，吴丁不要。难道那个年轻人是想图她的身体？王美花褪去衣服，露出老态的身体，说："我老了，还能用。"吴丁羞愧难当。作者有这样一段描述："吴丁声音走了调儿，你疯了呀，婶！王美花解裤子，吴丁欲往起跃。王美花将他扑倒。王美花力气大，吴丁奋力挣扎，还是被王美花撕掉上衣。吴丁叫着，很快嗓子就哑了，只发出短促的低音。吴丁又是一阵剧烈的咳嗽，脸呈现出紫黑色。他示意要吐痰，王美花松开。他往旁边一滚，迅速爬起，落荒而逃。"

就在吴丁看不到希望，萌生退意的时候，警官给他打电话，一个性侵恶魔落网了，而这一恶魔的落网正是吴丁说服受害人报案的结果。"许警官的电话又将吴丁的信心点燃。"王美花为了送走这个"瘟神"，各种方式无所不用其极，如果吴丁还不放弃，那就只有一个结果：鱼死网破。

吴丁住到了王美花所在的镇上，连吃饭都成问题，这个饥饿的拯救者，在吃完"被拯救者"为他炒的一碗放了农药的米饭之后，痛苦地走完了生命的最后里程。小说结尾也由此蒙上了浓郁的悲剧色彩。

一个受到如此欺凌的老妇人，她的爆发力也是惊人的，当她爆发的时候，就蜕变成了一个凶手。她为了保守孙女被性侵的秘密，为了自己的私密生活不受侵犯，最终采取了极端的手段。在她看来，只有这样，才能彻底摆脱这个对她纠缠不清的"骗子"。

这几乎就是一个荒诞的命案，之所以荒诞，是因为社会身份如此迥异的两个人，怎么也不可能牵扯到一起。他们对对方的身份信息一无所知，甚至叫不出彼此的姓名，但命案就这样发生了。

《风止步》的人物形象极富张力，让读者从始至终都充满了紧张感，也让阅读变成了一次历险。小说所营造出的艺术真实性，并没有让读者获得如沐春风的阅读感觉，而是一种沉重之感。

吴丁和王美花应该都是悲剧人物，但读者对他们的态度不仅仅就是同情。吴丁为了伸张正义，他的"拯救"却让他付出了生命的代价，不仅如此，他在生活、工作、情感方面，几乎也可以用失败来形容。这样一个落魄的"蚁族",却浑身充满了正义和道德的力量。他的结局令人唏嘘。

王美花也是一个值得同情的人,她的孙女被马秃子性侵,在儿子、孙女面前她是有负罪感的,她最痛恨的人应该就是马秃子了。王美花却与马秃子保持着不正当的男女关系,还经常给马秃子一些小钱。她是一个淫荡的女人吗?不是!她有说不出的痛楚。

吴丁和王美花两个人都是性侵的直接或者间接的受害者,两个受害者的对抗,让读者陷入情感上的纠结。吴丁是个理想主义者,是个堂吉诃德式的"战士",从这个层面上说,他是令人敬佩的。但他不依不饶的"拯救"行为,又令受害者厌恶。那个杀死了有着善良品性和正义感、值得同情的落魄青年的农村妇人王美花呢?她应该是被同情的弱者,还是被挞伐的对象?她的所作所为,是迫不得已,还是顽固的封建思想作祟?即便是思想顽固,那她生活的社会环境呢?应该让她这个受害者、这个老弱的农妇来改变陈旧的社会观念?

小说的人物关系很简单,却呈现了一个复杂的社会问题。结论式的评判对作品中的人物基本行不通。小说中的人物,都有自己的生活逻辑,而且都有强大的理由支撑他们的行为,这才是问题的关键。并不是所有的抗拒都毫无道理,并不是所有的拯救都受到欢迎,就像没有绝对的真理一样。

作者在人物塑造和人物关系的处理上非常具有想象力。很多作家是靠环环相扣的事件推动小说故事情节发展,这样的创作或多或少会受到新媒体和互联网的冲击和影响;有的作家则靠人物的心理变化和人物间的冲突推进小说情节的发展,《风止步》就属于此类小说。这个关于"拯救"和抗拒的故事，虽然简单，但小说中的人物却给读者留下了深刻的印象。

塑造具有独特个性的人物，是作家的强项，而不是互联网的强项。网络再发达，也取代不了作家独到深刻的思考，也无法像作家一样深入人物丰富的内心世界。从这个层面说，互联网时代的文学，同样有自己生存的空间，胡学文的这种创作方式，是一种应对策略，也具有借鉴意义。

原载《名作欣赏》2014 年第 4 期

人格化的物与物化的人

——评凡一平小说《上岭村丙申年记》

对于新生事物，作家是较为敏感的群体之一，作家的想象力有时会超越新生事物发展的速度，预知它在未来社会的存在状态和社会意义。

近年来，人工智能成了网络热词和社会关注的热点，这方面的科技成果层出不穷，机器人与围棋九段棋手对决，机器人出版诗集等，不一而足。机器人是否会进入中国人的家庭生活，甚至隐秘的个人生活？比如拜堂成亲，成为人类的异性伴侣。一旦设想成真，将会呈现怎样的社会景观？普通人并没有设想这样的可能性，但有的作家想象力的触角已经抵达了这个被人忽略的层面。

凡一平的中篇小说新作《上岭村丙申年记》为我们展开了这样一幅社会图景。因为作家的想象力时常会超出现实生活，小说所表现的内容也并非完全来源于生活。但作家为读者虚拟的社会生活，有时比现实生活还要真实和深刻。

《上岭村丙申年记》的叙事起点，就是"丑人"蓝能跟娶了一个智能机器人做老婆。

凡一平祖籍桂北都安县上岭村,小说叙事的地域背景也是八桂深山的上岭村;时间是丙申年,而作品构思和开始创作的时间也接近 2016 年,这两两之间的互文性,不仅定位了小说的地点和人物的基本特征,还强调了小说文本的"真实性"和当下性,也预示了小说的戏剧性和冲突的不可避免。

小说的主人公蓝能跟少年时代父母双亡,为了供弟弟蓝能上读书做了矿工。一次瓦斯爆炸事故,让蓝能跟严重毁容,变得奇丑无比,四十五岁还是光棍,这也成了弟弟蓝能上的心病。为了给哥哥找嫂子增添砝码,他从美国回来,花五十万元盖了三层小楼,也始终未能实现愿望。不得已,他为哥哥从美国带回了一个"嫂子"。他是依托美国某高科技公司,根据哥哥的身体情况、性格爱好和所生活的环境,专门为哥哥定制的"伴侣"。为了能让哥哥接受这个"伴侣",他说"嫂子"是"中国人。但是是从美国过来的"。"她"的名字叫美伶。"她"可以陪伴哥哥,会说话、唱歌。"她"爱美,能给男人带来快乐,除了不能生育,"她"与中国女人无异。蓝能上已经含蓄地告诉了他的哥哥,他带回来的特殊女人,其实就是一个智能机器人。蓝能上口口声声叫着"嫂子",为的是让哥哥慢慢适应美伶。没想到蓝能跟欣然接受了弟弟为他带回来的"老婆"。

让蓝能上出乎意料的还有他的哥哥随后的几句话:"能上,我们得请酒,让村里人知道,我蓝能跟娶亲了,有老婆了……总要给人一个名分吧。再说,有了名分以后,才真正是你的嫂子吧?"此时,智能机器人美伶已经被蓝能跟人格化了。"她"不仅仅是一个智能机器人了,"她"已然是上岭村的丑八怪、四十五岁的老光棍蓝能跟的"老婆",是留美博士、华人科学家、人工智能研究专家蓝能上的"嫂子"。

　　对于美伶的人格化，小说叙事给予了充分的文化支撑和伦理支撑。腊月二十八办的喜酒，带有很强的民间习俗和婚庆习俗。举办婚宴，给美伶"名分"，其实也是蓝能跟传统文化观念使然。上岭村史无前例的一百三十桌的婚宴是流水席，本村的、外屯的，本地的、外乡的，亲朋好友、老师同学，能来的几乎没有不到的。美伶也是身着一袭红装，坐在客厅里，对所有客人保持微笑。这次婚宴也对外确认了美伶人格化的身份。

　　小说涉及的伦理问题，至少分为两个层面，其一是婚姻和家庭伦理层面的，喜酒办完后，蓝能跟俨然过起了夫妻生活。"村西头蓝家房屋的露台上，破天荒晒出了女人的艳丽衣裳。从年初四开始，人们越来越注意到，那鲜艳的衣裳，一件又一件地在开阳的露台上出现，像旗帜一般醒目和招摇。"蓝能跟在尽做丈夫的义务。起初的"婚姻生活"也是百般甜蜜。为了维护美伶，在与韦氏兄弟周旋和斗争的过程中，他拼尽了全力。美伶被韦甲、韦乙"强奸"后，他如同一个真正的丈夫，马上去派出所报案，他甚至还带着美伶去民政局办理结婚证，"乡府至上岭村八公里的路上，风驰电掣着一辆摩托车。往上岭村的时候是蓝能跟一个人，再回乡府的时候，车上多了女人美伶。她坐在车后座，紧紧贴着男人的后背。风大车疾，她长发飘飘"。而将美伶人格化的始作俑者，正是蓝能跟的弟弟蓝能上，这个美国人工智能研究的顶级专家，"嫂子"美伶正是从他手里诞生，他虚拟了一种人际关系：叔嫂关系。他这样做，纯粹是处于对哥哥的尊重，他不愿打破这种伦理关系，"自始至终他没有对女人有不轨之举，因为那是他的嫂子。他真切地把她当成是自己的嫂子了"……其二是社会伦理层面的。举办婚宴时充斥着各种社会关系，前来祝贺的，看稀奇的，不论他们是什么目的，蓝能跟的目的很明确，就是对外坐实他和美伶的"夫妻关系"。即使后来村人们知道了美伶这个特殊女人的真相和来历，也并未打破这种关系，默许这对"夫妻"的存在。除了韦氏兄弟，以及因为"强奸案"的发生，需要应对处理的派出所警察和民政局工作人员。

面对机器人美伶，小说中有名有姓的人物区分成了三类，将美伶人格化的蓝能跟、蓝能上兄弟；将美伶作为机器人或者物品对待的派出所警察和民政局工作人员；再就是韦氏兄弟。韦氏兄弟从见到肤如凝脂貌美如花的美伶之后，欲望就开始膨胀，后来他们盗走美伶，开设色情场所，他们同在黄色面包车外排队等候"见识"美伶的男人一样，完全物化了。如何看待美伶，不同的人态度迥异。将美伶人格化的蓝能跟和将美伶（欲望）物化的韦氏兄弟，他们之间出现激烈的冲突成为必然。

蓝能跟本以为"娶亲"以后，他的精神与肉体（性）将得到双重解放，从此开始完整和幸福的家庭生活，但从一开始就屡遭不顺，并以失败告终。美国现代作家舍伍德·安德森的小说集《小城畸人》的开篇《畸人志》中有一句话："一个人一旦为自己掌握一个真理，称之为他的真理，并且努力依此真理过他的生活时，他便变成畸人，他拥抱的真理便变成虚妄。"这句话用在蓝能跟身上再恰当不过。

《上岭村丙申年记》的叙事伦理，就是让蓝能跟自己出面，表达他个人的真理：美伶是他蓝能跟的老婆，他们办过喜酒；美伶是人，不容任何人侵犯。这个真理与美伶的人格化是相互印证的。蓝能跟沉湎于他的个人真理，并被他所坚持的真理所困扰，甚至处处碰壁，寸步难行。依照蓝能跟所理解的逻辑关系和伦理关系支撑的个人真理，与经受商业文明浸染的当下社会其实已经水火不容。

蓝能跟很偏执，他绝不在与外部世界的斗争中做出妥协，他的倔强和坚毅甚至强烈地感染了读者。当韦甲、韦乙"强奸"美伶后，蓝能跟坚定地选择了报案。他希望韦氏兄弟能够被判刑坐牢。但派出所没有认定美伶是人。最后只能因韦氏兄弟非法盗猎野生保护动物老鹰，将他们拘留了五天。蓝能跟不依。派出所要他出具结婚证明。他就跑民政机关，民政机关要他出具美伶的身份证和户口本。他在公安机关和民政机关之间来回奔波，据理力争，但终无所获。绝望的蓝能跟只好带着美伶回家。到家后，他开始为美伶净身。"湿润的绒布，从头到脚，一寸一寸、一遍一遍地擦拭他认为被污辱和肮脏了的身体。他的眼泪不时掉落在身体上……被玷污的女人美伶，在丈夫的擦洗下，渐渐地光洁。像是被丈夫的泪水感动，她恢复了知觉。她眨巴着明亮的眼睛，重新看着细致入微照料她的男人……"这一幕是蓝能跟与美伶的互动，他是用心将美伶当成人了。作者甚至代入美伶人格化的角色，表达了对这个"情真意切"而又坚毅的男人的敬意。读到此处，读者不可能不为他动容，这也支撑了蓝能跟的真理或者说人格化的美伶存在的合理性。

与蓝能跟将美伶人格化形成对立的，是韦甲、韦乙对于美伶的完全物化。

匈牙利当代哲学家和文学批评家卢卡奇在《历史与阶级意识》一书中提出了"物化"的概念。他借马克思的观点这样阐述"物化"概念："商品形式在人们面前把人们本身劳动的社会性质反映成劳动产品本身的物的性质，反映成这些物的天然的社会属性，从而把生产者同总劳动的社会关系反映成存在于生产者之外的物与物之间的社会关系……这只是人们自己的一定的社会关系，但它在人们面前采取了物与物的关系的虚幻形式。"国内有学者将物化概念概括为"人彻底丧失了自主性，人与人的社会关系表现为物与物的关系，社会关系最终成为一种物及货币同它自身的关系，人成了物的奴仆"。作为商品的物反过来控制着人，物的关系掩盖了人的关系。

韦氏兄弟在婚宴上强行往美伶嘴里灌酒，后来蹿入蓝能跟家中，"强奸"美伶，他们与蓝能跟的关系，已经偏离了正常的乡村人际关系。而他们玩心计想将美伶买下时，就是物化的开始。他们在性的欲望和物（金钱）的欲望的双重驱使下，一次又一次踏入蓝能跟家的门槛，打起了美伶的主意，但遭到了蓝能跟的坚定拒绝和反抗。蓝能上所依托的美国公司研发的这款智能机器人，技术有待检验，还处在前市场销售阶段，因此，美伶是独一无二的，韦氏兄弟看到了美伶身上的"商机"。如果将美伶占为己有，再用"她"去招徕顾客，就可大赚一笔。毕竟这是新生事物，也是一件独门生意。韦氏兄弟对美伶的迷恋成为商品拜物教最直观的表现形式。以蓝能跟和美伶为核心建构的婚姻家庭伦理关系和社会伦理关系，完全不堪一击。人格化的物在物化的人面前，最终被去人格化，回归到物的本身。而物化的人最终也完全符号化了，在韦氏兄弟开办的色情场所——经过改装的黄色面包车——外面，一传十十传百，纷至沓来的人，他们成了韦氏兄弟的倒影，他们没有表情，仅仅是一具具被欲望驱使的肉身，如同工厂车间传动带上运动着的物件。

小说的结尾部分，作者做了很明显的形而上的处理。涉嫌盗窃和经营流动色情场所的韦氏兄弟被抓获后，美伶被交还给了蓝能跟。但此时蓝能跟已经彻底绝望。"她的出现和到来，惊动了那么多的村庄那么多的人，惹了那么多的是非祸事。这一切事件的发生，都因为这张漂亮的脸。"他要毁掉这张漂亮的脸，他认定只有这样才能绝后患。"蓝能跟想，她变丑了，就只有我还喜欢她，一如既往地喜欢，蓝能跟还想，这样我们就能一起变老死去。"他手上的腐蚀性液体随瓶子倾覆，滴落在美伶的脸上，"滴液在美伶的脸上慢慢地洇开，所到之处冒着轻烟，还发出嗞嗞的声音"。美伶美丽的面庞随之毁灭。

蓝能跟与他的机器人"老婆"美伶的故事终结了，但类似的故事还将重演，不会终结。小说看似荒诞的叙事，最终回归到了人性思考的层面，回归到了一个非常严肃的话题，这也是一个具有前瞻性的话题。科技再发达，造福人类的新生事物出现得再多，但膨胀的欲望不加以节制，人的幸福指数最终还是无法提高，甚至会为人类徒增烦恼和痛苦。而人工智能以及整个科技社会的发展，是否会刺激和加速人的物化，这需要引起社会的关注和思考。

作家是时代的眼睛和耳朵，更是思想者。文学和作家应该参与到社会进程中去。对于作家的写作紧贴社会热点这一现象该如何评价，这不能一概而论。作品只要能够把握时代的脉搏，满足读者的审美需求，探寻社会和人性的症候，引导社会的思考和价值判断，就是好作品。就此而论，我们看到了《上岭村丙申年记》的价值所在。

原载《小说评论》2018 年第 1 期，发表时与周德艳共同署名

西藏叙事的"他者视角"与"自我描述"

　　20世纪80年代中期以前，地域文学独特的声音往往被淹没在宏大的历史叙事之中。此后，思想解放热潮涌动，个人主体意识觉醒，地域文化开始受到重视，当时崛起的一批寻根作家不断在远离现代文明的偏远之地发掘新的文学资源。与此同时，以扎西达娃为代表的西藏本地作家，在拉美文学和西方现代主义文学思潮的影响下，也开始以现代意识审视自身的民族文化传统，寻求表达民族情感的叙述方式。他们与西藏本地汉族作家，以及八年援藏大学生作者形成了"西藏新小说"作家群体，这个作家群体对西藏本土文化资源的关注以及创作表现，与内地寻根作家的创作遥相呼应，汇合形成了20世纪80年代中期颇具影响的寻根文学思潮。

　　这一时期，一批作家和艺术家旅居西藏，甚至还有人当起"藏漂"，作为主要"朝圣地"的拉萨，曾聚集了马原、马丽华、宁肯等非常活跃的作家，成为当时社会关注度很高的文学现象。

　　"藏漂"现象，以及当时的寻根文学思潮印证了杨义的一个观点，他在《重绘中国文学地图》一书中曾提出了文化与文学的

"边缘活力说"："中华文明在世界上奇迹般绵延五千年而不中断，其中一个重要的原因就是文化核心的凝聚作用之外，尚存在着生机蓬勃的边缘文化的救济和补充，给它输入了一种充满活力的新鲜血液。"少数民族传统文化中具有精神思维上的原生态、原创性、多样性和丰富的想象性特征，其丰富性补足了中原文化的某些缺项。两个文化系统的交流互动，形成了多元包容的中国文学传统。

有一个值得关注的现象：汉、藏作家在多重交互过程中，在如何呈现"西藏"这个层面，具有明显的差异，其中最显著的，就是叙事的"他者视角"与"自我描述"之别。

马原的文学生涯与他的西藏生活经历的关系密切，他成名于西藏，那个时期的作品，叙事场景基本都在西藏。在论及马原的叙事实验与西藏的关系时，有学者直言："也许是西藏在地理和文学意义上相对整个中国的某种边缘性、广阔性和异质性，赋予了他颠覆现代汉语正统叙事方式的灵感和空间。"马原曾说，是"西藏把我点燃"。但马原在面对西藏时，仍然有一种非常清醒的"他者"意识。有论者认为："西藏的人文景观、宗教生活和民族特质能被他接受，并产生审美感受基础上的欣赏乃至膜拜，但是教育背景、成长环境，尤其是时空观念、精神信仰的核心差异，让西藏文化始终外在于他，而不能转化成他的血与肉、灵与魂。"《虚构》开篇即是"我就是那个叫马原的汉人，我写小说……我为我用汉字写作而得意"，相信读者都会记忆深刻。再看《冈底斯的诱惑》中的一段话："刚从内地来西藏的人，来旅游的外国人，他们到西藏觉得什么都新鲜……外来的人觉得新鲜，是因为这里的生活和他们自己的完全不一样，他们在这里见到了小时候在神话故事里听到的那些太遥远的回忆。"这种"他者视角"的书写是有局限性的，西藏的生活细节实质上处于被遮蔽的状态。在呈现西藏叙事时，马原终究与游客大致类似，他将西藏作为一种景观来描述，无非是对西藏的了解，他比游客更深入更全面一些。他通过元小说叙事的手段掩盖了这一局限性，让读者明白他的小说呈现的是非真实的西藏。表现西藏的"他者视角"，在马丽华、宁肯等作家的作品中也都依稀可见。

扎西达娃、阿来，以及次仁罗布等作家的西藏叙事，呈现的则是另外一番景象。如何传达西藏的形态和神韵呢？他们的创作实践就是一条寻找民族魂魄和精神信仰的路途，也是一个关于民族文化和民族心灵图景的"自我描述"过程。对于作家来说，来自哪里，生活在哪里，这个地缘和身份问题在潜意识中会经常被唤醒，由此衍生的问题意识和方法意识在创作的时候显得尤为重要。

西藏文学作为一个大的范畴，当然涵盖了出生和成长于藏区的阿来的作品。阿来曾表示，"我写《尘埃落定》《格萨尔王》，就是要让大家对西藏的理解不只停留在雪山、高原和布达拉宫，还要能读懂西藏人的眼神"。通过这个"眼神"，我们可以走进藏族同胞的内心世界。西藏文学经历了从历史的宏大叙事，到二十世纪八九十年代的魔幻现实主义，再到 21 世纪现实主义的转变过程。而藏族作家通过"自我描述"的方式建构自己的民族文化身份，一直是一种内在的不断传承的文化自觉。

以次仁罗布新近发表的短篇小说《望远镜》为例，读者可以看到西藏叙事"自我描述"视角的最新呈现。作家将国家、民族、历史置于小说的叙事背景，让作品成为表现个体内心世界的宏大叙事的日常化分镜头。小说中，经常出现的国旗、界碑、哨卡、解放军巡逻队，这些都具有强烈的隐喻意义，是具象化的国家符号，隐含着民族国家想象的需求与可能。在关于国家和边疆的宏大叙事中，统一主体的文化共述通常会采用类似的修辞。

次仁罗布将如何实现从文化共述到个体的文化自述的切换？在频繁出现国家符号的同时，作家的视点下沉，写的是日常，关注的是一个再普通不过、被村民小瞧的高中毕业生普次仁，作品的重心最终落在了对个体和族群隐秘的精神史、心灵史的描述上。

中国的现代化进程如火如荼。西藏处于边地，这一进程的巨大冲击在这里无疑具有滞后性，但最终仍将波及高原，哪怕是在边境线上，现代性焦虑也会在村落蔓延。在处理传统文化、精神空间和现实难题的过程中，冲突也随之而起。"'普次仁的脑子有点问题！'村子里的许多人背后这样说他。"因为"同普次仁一样没有考上高中的几个同学，曾劝导他跟着他们去拉萨打工，挣到的钱会比务农多很多。这个提议被普次仁拒绝了"。普次仁为村里的女人放羊，连女人都对他不屑一顾。

普次仁想做像父亲一样的英雄。父亲带着村子里的几十辆摩托车，配合解放军在边界巡逻，守护自己的家园。他曾几次去北京和拉萨领奖，还跟国家领导人合过影，父亲成了村民们羡慕和敬重的对象。"普次仁在心里说：再过几年，我也会变成你们中的一员的！这是普次仁向往的生活……"

小说文本与藏族学者夏玉·平措次仁的《西藏文化历史通述》文本有重叠的印记，形成文本间的互文关系。小说文本中提到，"普次仁以前听爸爸说，他的爷爷曾见过那些个英国兵，他们穿着米黄色的军服，推着大炮扛着枪，从村庄前走过。其中有许多面色黝黑、蓄着胡子的印度人和廓尔喀人"。通过两个互文性文本的共述，小说重构了西藏人民那段不堪回首的历史。一百多年前的中国西藏，那里的边民在失去生命和土地。今天，觊觎我们土地的人，走私者、偷渡者，甚至以前被分割出去的土地上的孩子过来寻找走失的奶牛，普次仁以及他父亲的巡逻队，都会配合解放军将他们阻止。读者会感慨这些边民是无私的英雄，但他们可能不这么认为。普次仁眼里为什么会经常出现国旗、界碑、哨卡和解放军巡逻队？因为这些都暗示着国家与家园的密切关系。小说有了这样互文性的历史建构，普次仁的个人真理才得以成立，他不在乎别人的议论，他要成为父亲那样的人。作品中，望远镜也是一个隐喻，它是人物内心空间和历史视野的外延。此时，作家次仁罗布，才是最理解他笔下的主人公普次仁的人，也只有他，才能成为普次仁的代言人，完成西藏边疆牧人的"自我描述"。

不仅是《望远镜》，包括《放生羊》《红尘慈悲》等代表作，次仁罗布的小说创作常常立足于本民族传统文化和当代文化语境，关注人的精神世界和情感世界，并向着更高的生存境界迈进，以呈现人精神力量的强大和内心世界的广阔，这正是他"自我叙述"的根基。扎西达娃、阿来等其他藏族作家也莫不如此。

西藏虽处西部，但在中国的各地域文化中，西藏文化一直备受瞩目，除了因为它本身所具有的独特魅力，还与次仁罗布以及扎西达娃、阿来等藏族作家，马原、马丽华、宁肯等来自全国各地的汉族作家，以及其他各民族文艺家的艺术化表现有关，西藏文化热，他们起到了推波助澜的作用。

不论是"他者眼光",还是"自我描述",都是西藏叙事大合唱中的不同声部,最终形成了同构关系,作家以不同的角度,不同的认知方式,以及外在世界和内心空间的不同层面,完成了对西藏的艺术再现,同时也完成了中华民族大家庭的文化多元性与通约性建构。

原载 2022 年 12 月 29 日 《文学报》

寻找平常人生的不平常意义

——评姚鄂梅短篇小说《旧姑娘》

姚鄂梅有相当一部分作品是将婚姻和家庭作为叙事背景，观照女性的生存困境和生命意义。她的短篇小说《旧姑娘》（《长江文艺》2018 年第 12 期）即是如此，这篇刚刚发表的小说应当算是此类题材作品的重要收获。

作品的故事核其实并不复杂。美国当代文学批评家韦恩·布斯在《小说修辞学》中提出了"隐含作者"的概念。《旧姑娘》就有一个隐含作者，即"我"，一个 12 岁的初中生，她是故事的叙述者，其实也是小说的角度。作品正是从这个角度看一个来日无多的母亲如何与尚未成年的女儿走完人生中最后的历程。

都说母亲是伟大的，但将它作为一部文学作品的母题，无疑非常棘手，因为稍不注意，作品就会概念化，挑剔的阅读者也会感觉索然无味，所以很多写作者选择避而远之。姚鄂梅曾自谦说《旧姑娘》"写得很平淡""写得很随意"，但姚鄂梅凭借"平淡"的细节、平实的文字和对平常生活的透彻理解，以及作为现实生活中的母亲的想象力，将作品的家庭伦理元素不断拓展，并上升到社会伦理的开阔视野和格局，支撑起了这篇仅仅 13000 字的关于母亲的作品。

我们不妨将作品的情结做一个大致的梳理。作品的隐含作者"我"要陪妈妈去医院做一个手术，"她的乳腺出了问题，不得不切掉它"。生老病死，悲欢离合，是平常生活的重要元素，但对于一个家庭而言，特别是一个母亲带着未成年的女儿相依为命的单亲家庭而言，那就是灭顶之灾。这对母女是如何面对灾难的？妈妈躺在病床上，护士阿姨的关心和关照，妈妈供职的牙科诊所的老板——孙妈妈——对"我"的安慰和照顾，妈妈的同事、牙科诊所的阿姨为"我"和妈妈送饭（结果被舅舅吃了），让"我"和妈妈感到了温暖。但舅舅并不关心妈妈的病情，他担心爸爸捷足先登，火急火燎地要"我"带他到"我"家找妈妈的房产证，没有找到，还因此砸坏了抽屉。跟妈妈离婚的爸爸从外地赶来，他姗姗来迟，在现任妻子面前表现得谨小慎微、唯唯诺诺。爸爸的现任妻子和儿子对妈妈的不恭，对"我"的无视，这些细节都刺痛了"我"，也刺痛了妈妈。妈妈就像一个沉默的观察家，她虽然紧闭双眼，一言不发，但躺在医院期间所发生的一切，她了如指掌。作品的情结进展到此，出现了戏剧性的一幕，等舅舅、爸爸他们离开，妈妈说话了："快！收拾东西，我们回家。""虚惊一场，不是乳腺癌，只是一种很特别的炎症，所以今天根本没做手术。"此时的戏剧性，是一个伟大的母亲为女儿设计的。妈妈已经病入膏肓，乳腺癌到了晚期，已无手术必要。坚强的妈妈见识了舅舅和父亲的举止，她要与时间赛跑，在生命的最后一程奋力一搏，全心塑造女儿健全、坚强的人格，在没有亲人的扶助下，可以自立自强于社会。妈妈的要求是，"你也得做出些改变，从明天起，我想让你尝试一种新的生活"。"尝试新生活的内容之一就是周末住到牙科诊所里去，白天在那里做义工，晚上住在孙妈妈的办公室里。"为了学会与人相处，"我"还偶尔去孙妈妈家，帮着做家务，与孙妈妈的女儿薇薇交朋友。整整半年，"我"都是在牙科诊所度过的周末。除此之外，妈妈还安排"我"去医院替她买药，到超市买日用品，找小区物业解决问题，缴纳水电费，上网下订单，接收快递，跟舅舅、爸爸电话聊天，等等等等，一个成年人需要完成的事情，妈妈都想到了，"我"也都在她的指导下完成了。当"我"考上心仪的寄宿制高中时，为了庆贺，甚至可以在"我"的人生中第一次掌勺，花两小时四十分钟，为妈妈做上五道菜。

妈妈最终将我托付给了新学校。"当我们推开一扇门的时候，校长、财务负责人、班主任已经坐在里面等着我们。"他们是今后负责我的生活和学习的三人小组。这是入校前的一幕。妈妈将我们的房子交给学校管理，由学校负责出租，租金作为今后我的学费和生活费的开支来源，"直到高中毕业，大学毕业，直到我参加工作，需要住进自己的房子为止"。妈妈在与时间赛跑。完成所有的一切，奇迹没有出现，妈妈的生命之光熄灭了。

作品的一个亮点，是作者将本来的家庭伦理叙事上升到了社会伦理层面。当妈妈感受到了舅舅和爸爸的所作所为之后，并不是与他们理论，纠结于此，愤怒、争执，都是没有任何意义的。作者早已清醒地意识到，假如作品拘泥于家庭伦理层面的纠葛，沉醉于婚姻和情感的矛盾冲突，将使作品落入俗套而失去成色。此时的妈妈并没有将"我"托付给爸爸或者舅舅，而是消解仇恨，仅仅将爸爸和舅舅当成不做指望的亲人。她是一个有远见卓识的母亲，她开始清醒地规划女儿的未来。女儿必须提前从家庭里、从保护伞下走出来，走向社会。即将失去母亲的"我"，居然还在诊所做起了义工。"我"感受到了孙妈妈以及她的家庭、妈妈的同事的温暖，感受到了学校的呵护。"我"也因此成长为一个可以独立生活的小大人。社会对"我"的全方位的接纳，是妈妈努力争取的，也是她所预料的。这正是前面所提到的，作者在处理题材时的开阔视野和格局。

作品的"平淡"叙述当然也是不"平淡"的。《新华文摘》的梁彬老师在与我交流《旧姑娘》的阅读感受时说，能在悲情时看到喜感，能在艰辛时传达幽默，能在平静的语调中叙述失去亲人的疼痛，非一般人可为。如梁彬老师所言，作品的情感铺垫细密而自然，在情感的渲染上非常节制，哀而不伤，得体又不外溢。作者非常清楚，作品的终极目的并不仅仅停留在情感层面。此时的隐含作者"我"成了作家姚鄂梅的代理人，自如地控制着情绪，把握着节奏，让"平淡"的叙述如行云流水，作品也最终从形而下的世俗生活中走出来，走向价值指引。而作者的终极表达却始终含而不露。

《旧姑娘》就题材而言，很平常。止庵有一句话我很认同：相比于平凡，传奇是容易写的，它已具备了好故事的要素，很多时候顺水推舟地作文便是。而平凡生活却不易写出一番况味，倘若没有通透纯明的心，无法诚恳地感知生命，恐怕就会落得庸人自扰。现在的平常生活很少有人写，因为要写出平常生活中的况味来非常难。但现实生活不应该把平常生活排斥在外。对平常生活的准确把握，可以考验一个创作者的写作能力。

平常人的平常事，虽然很普通，也不太受关注，但很有意味。平常人生也确实有它本来的魅力，就看我们如何去感悟，用敏锐的感觉去发现。

《旧姑娘》就是如此，姚鄂梅也做到了。

原载 2019 年 2 月 15 日《文艺报》

时代镜像中乡村的呈现方式

    纵观中国当代文学史，农村题材的小说作品，一直占据着重要位置。如文学史家洪子诚所言，二十世纪五六十年代，以农村生活为题材的创作，无论是作家人数，还是作品数量，在小说创作中都位列首位。

    中国是一个传统的农业大国，乡土文明历史悠久，乡村意识根深蒂固。即便在当下，中国也有相当比例的人口生活在乡村，或者拥有清晰的乡村记忆。新文化运动之后，鲁迅、沈从文等一大批现代作家，在农村题材小说创作方面所取得的具有文学史意义的成果，为后来小说家的创作积累了开创性的经验，也为新中国成立至今农村题材小说创作的繁荣打下了坚实基础。

    作为时代和社会的一面镜子，文学作品与现实生活互为镜像关系，这在农村题材小说创作中更能直观地体现出来。新中国成立前后的土地改革运动，以及随后的农业合作化运动，我们可以读到同时期诞生的经典小说作品，如《暴风骤雨》《太阳照在桑干河上》《山乡巨变》等；我们还可以在《平凡的世界》、"陈奂生系列"小说中找到 20 世纪 70 年代末 80 年代初农村包产到户政策推行的蛛丝马迹；在一些当下作家的作品中，我们也可以了解到易地搬迁、乡村治理、精准扶贫这些政策给传统的乡村生活带来的显著变化。不同时期的农村题材小说，都大体上不约而同地反应了当时的时代风貌或者农村社会的中心事件。

新时期以来，社会的多元化趋势，推动了价值观和审美观的多元化发展，同时也促进了社会中心事件的泛化甚至消解。中国的城市化进程，加快了社会从共名状态向无名状态过渡，先锋文学的普及，城市文学和类型小说的兴起，都让农村题材小说的绝对优势地位受到了前所未有的挑战。

如何表现乡村，农村题材小说的出路在哪里，对很多作家来说，这是一个严峻的考验。韩传喜曾撰文称，随着城市化和市场化的推进，城乡之间的界限不再泾渭分明，传统的乡土意识和乡村文化心理结构也有了较大改变，乡土作为一种静态的农业文明已经走向瓦解，中国逐渐进入后乡土时代。如果还致力于表现近乎原始的、封闭的、落后的乡村镜像，将会使创作的作品严重失真，也无法准确呈现当下农村和农民的现实状态。倘若这样的写作是合理的，那文学将如何印证现实生活？不能印证现实生活，又如何保证作品情感的真实性和作家的真诚？作家和作品又将如何得到读者的信任？

炊烟袅袅、鸡犬相闻，这种田园牧歌式的乡村乌托邦想象同样令人生疑，这是一种没有现实生活基础、靠想象支撑的写作方式，这种想象全面脱离了当下农村社会的真实状况，在势不可挡的现代化进程中早已丧失了可能性。面对现实，写作者倘若还闭着眼睛，以期桃花源传统的历史性延续，这其实是一种文化理想和社会理想的缺席状态。没有乡村生活经验，没有对农民和乡土的关注，落后于时代发展的步伐，自然无法呈现一幅全新的与现实生活同步的农村社会图景。学者吴晓东批评这种向后追溯反映的恰恰是自我创造力和更新力的薄弱，也是社会观察能力的枯竭。

令人欣慰的是，近年来，紧跟时代、贴近农村现实生活、具有当下性和艺术性的小说作品层出不穷，成果可观。虽然当下农村已经没有绝对的中心事件，但各个阶段的热点，都可能被作家捕捉到，成为文学镜像陆续呈现在读者面前。驻村干部面对三代人的恩怨情仇，将如何参与化解矛盾？老藤《遣蛇》的终极表达显然不仅仅停留在引人入胜的故事表面。进入移民新村后，祖辈相传、浸入骨髓的传统文化与新的村镇生活能否相融共生？潘灵的《偷声音的老人们》，将视线投向了易地扶贫搬迁的农民。杨遥的《父亲和我的时代》，则聚焦精准扶贫，让读者看到了大时代背景下，一个农民父亲身上发生的巨大变化。

相对于以往的农村题材小说，这类题材作品相当一部分呈现出了完全不一样的面目，不论是在内容上，还是在形式上。在读者面前，镜像中的乡村社会更加丰富多彩了，作家视角更加多样化了，文本形式也更能体现当下读者的审美需求了。

我们不妨以杨遥的《父亲和我的时代》为例，看看农村题材小说的新变。

今年是脱贫攻坚决胜年，这是上升到了国家层面的中心事件。同时，这些年，中国农村社会的巨大变化也是显而易见的。如何书写农村新面貌？又如何进入当下农民的内心世界？传统的现实主义写作经验，以及传统的乡土小说的表现形式是否继续有效？读《父亲和我的时代》，也许可以看到一些端倪。

完全可以将《父亲和我的时代》看作是一部家庭伦理和乡村

社会伦理题材的小说。作品并没有直接提到国家的扶贫政策，也没有塑造一个扶贫干部，甚至连相关细节都很少出现，作品写的是"父亲"这几年天翻地覆的改变。"父亲"在"母亲"去世后，变得沉默和不修边幅，他的生活是灰暗的，没有什么事情值得憧憬。他只希望能有一部收音机打发无聊的时光。从"父亲"找"我"要一部旧的智能手机开始，他就慢慢发生了变化。他加了"我"的微信，随后又让"我"在朋友圈转发他种植绿色食品的视频。更让"我"惊讶的是，"父亲"居然做起了微商。"微信、抖音、快手、哔哩哔哩……都是我们的平台。"为了让"父亲"高兴，"我"也成了他的义务推销员，在"我"并没有上心的情况下，"父亲"居然做得有声有色。他还帮助无依无靠的邻居刘桐、前赤脚医生月仙这些乡亲带货。

"父亲"的日子从乌云蔽日到阳光明媚，他的生活质量显著提升，觉得有奔头了，连以前赖以糊口的营生裱匠活，在做微商之余，在"我"请来的纪录片导演的镜头面前，"父亲"也能自豪地将活计做成被人赞赏的手艺甚至传统文化的感觉。"父亲"精神面貌的改变，是从骨子里的，由内到外的。"我"是一个大学毕业在城里做干部、当作家的知识分子，亲眼见证了"父亲"成为"新生事物"的全过程，此时的"我"开始害怕自己变成一个落后于时代的人。"我觉得以前的视野太狭隘了，而父亲他们，我认为远远落后于这个时代的人们，竟然跟着时代奔跑。"

以前连智能手机都没有用过的乡村裱匠，转变成一个可以发微信，可以直播带货的新式农民，父亲这一意想不到的变化，如果没有一个恰如其分的契机，没有一个惊人的推动力在他身上施加影响，在逻辑上无论如何也是说不通的。杨遥只用只言片语，

巧妙地交代了作品的时代背景。这些不经意的碎片化的语言包括
"碰上精准扶贫","村里第一书记组织培训","刚开始做微商时
老师就教我们在各种平台上宣传自己"。为数不多的几句话,让
父亲的变化变得合情合理、水到渠成。

国家层面的精准扶贫战略正在稳步推进,作品与这一时代背
景有着明显的互文关系。我们从小说的标题也可以获得作者的
"暗示"。精准扶贫是因,父亲戏剧性的变化是精准扶贫的果。因
此,《父亲和我的时代》也是一部精准扶贫题材的小说。

今后的文学创作,即便是重大社会公共事件,或者影响历史
进程的农村政策的出台,相关题材的小说,作家的视点下沉,打
破宏大叙事模式,转向更贴近生活本身的个人叙事方式,将会成
为更加普遍的现象。

在社会多元化发展的背景下,作家的想象力、小说的叙事呈现
出丰富的多样态局面,乡村日常生活,社会风俗习惯,人伦关系诸
如此类的叙事不断进入读者视野,作家也因此避免了蹈入阐释政策观
念的"图解式"路子。比如《父亲和我的时代》,作品的表现方式别
具一格,这对今后农村题材的小说创作多少具有一定的借鉴意义。

诺贝尔文学奖得主伊沃·安德里奇曾说:"在将来,只有那些
能够描绘出自己时代,自己的同时代人及其观点的最美好图景的
人,才能成为真正的作家。"他的这一断言今天仍被很多写作者奉
为真理。可以肯定的是,不论形式还是内容,农村题材小说的呈现
方式,也应该因时而变。不把握时代脉搏,作品也就没有了生命力;
失去了这个根基,作品的艺术价值也将是空中楼阁,无从谈起。

原载 2020 年 7 月 15 日《文艺报》

"叙述圈套"的转型与新生

　　传统现实主义小说的叙述是以线性的时间线索和具体事件的逻辑关系推进为依据的。"叙述圈套"则打破了时间上的连贯性和空间上的完整性，对叙述技巧的关注更加钟情。先锋小说以形式和叙述方式作为主要目标的探索倾向，将叙述上升到了至关重要的地位，在特定的语境下，关于小说思想意义的讨论也曾一度受到冷落。

　　有学者认为，以马原小说为代表的先锋小说的出现，是对传统小说理论的一次颠覆与反拨，这种颠覆与反拨是以形式为载体的一种突破，但是这并不意味着颠覆与反拨的对象不包括小说的思想意义，更不意味着我们可以以小说形式的独特性为借口否定小说思想意义的重要性。精神层面的掘进止步不前，成为先锋小说经常被诟病的重要原因。

　　福克纳曾将小说的思想意义表述为"古老的普遍真理"。他在接受诺贝尔文学奖时做了一个简短的演讲，其中有这么一段话："（一个作家）在工作室里，除了心底古老的真理之外，任何东西都没有容身之地。没有这古老的普遍真理，任何小说都只能昙花一现，不会成功；这些真理就是爱、荣誉、怜悯、自尊、同情与牺牲等感情。若是他做不到这样，他的气力终归白费。"这位西方意识流小说大师，将小说终极意义的重要性提高到了一个空前的高度。

进入 20 世纪 90 年代，先锋小说由于严格区分了精英与大众，最终被普通读者疏远。停留在技术操作层面的探索，缺乏终极意义的有力支撑和大众读者的支持，先锋小说走向式微已不可避免。20 世纪 90 年代也因此成了众多先锋小说家的转型期。此后他们的作品开始向现实主义靠近，重建理性深度，追求价值意义。当然，受到先锋小说叙述技巧的启发，很多传统小说家也不再像以前那样叙事了，这也是先锋文学最大的功绩。

我们所处的网络时代，微信、微博等社交媒体兴起，社会生活都已经文本化了。如何对抗文本的概念化，如何更好地向读者传达小说家的社会认知和精神高度，如何契合知识结构更加优化、对文学作品的审美眼光不断提高的读者的阅读期待，已经成为小说家需要面对的最重要的问题之一。在这个背景下，重提小说叙述技巧的重要性，重提先锋小说盛行时期探讨的"怎么写"的话题，同样具有重要的现实意义。"叙述圈套"再次找到了被探讨的空间。我们完全可以将小说家在叙述技巧上取得的最新成果定义为当下小说创作的"叙述圈套"。

关注近期发表的小说新作，我们即可初见端倪。《人民文学》2017 年第 10 期推出的郑朋的中篇小说《消失的女儿》，总体上继承了先锋小说的一线血脉。作品在时间、空间和故事情节等层面碎片化的叙述方式，让故事的走向变得扑朔迷离。读者想得到故事以外的某种抽象观念可能非常困难。虽然作者更加关注叙述过程，但这部作品毕竟是有温度的，作者的终极表达是什么，不同读者会有不同见解。

先锋小说在当代文坛看似早已偃旗息鼓了，但诸如郑朋这样带有先锋观念的作家，以及像《消失的女儿》之类具有先锋色彩的作品并不鲜见。先锋小说盛行之后还有一个"副产品"，那就是作为一种方法论，强调小说技巧的"叙述圈套"已经不再是先锋小说的"专享"，它早已不动声色地获得了新生，在中国文坛不断被各种艺术风格的作家借鉴，作家的叙述方式也呈现出了各式各样的新面貌。在先锋小说兴起之时，就有一些持现实主义观念的小说家小心翼翼地向先锋小说靠近，借鉴先锋小说的叙述经验。先锋小说在向传统复归的过程中，也改变了现实主义小说的格局，20 世纪 80 年代中期以前的传统现实主义已不复存在，当下的现实主义小说早已改头换面。先锋小说与现实主义小说从未如此靠近。

关注《作家》2018 年第 1 期马笑泉的短篇小说《宗师的死亡方式》，小说开篇就让读者充满疑惑和错位。作者虽然没有完全继承先锋小说的衣钵，但作品的叙述有意隐含了小说要表达的真实意图，直至作品的后半部分。如果读者将这篇小说当成武侠小说，顺着这一思路读下去，最终可能会陷入迷茫。

作者首先为我们塑造了一个是非分明、洒脱不羁的侠客形象：太师祖。他一生打遍武林无敌手，从来都是一招制敌。师叔祖评价他是"武艺高绝人品贵重"。

太师祖的死因众说纷纭，叙述者"我"却卖了一个关子，猜测出一个结论：太师祖在他清晰地接收到身体深处发出的由盛转衰的信号时，选择了坐脱立亡。果真如此，太师祖的一生堪称完美，几乎没有瑕疵。叙述进展到这里，小说依然没有完全显露作者的真实意图。到了师祖，却是另外一番景象。他的一生乏善可陈，离开武术界后做了一名骨科医生，度过残年。师父入行却属偶然，最终在拆迁赔偿款这件事的纠缠中离世。"我"更是在师父暮年的时候被收为徒。写到师父的片段，作品就越来越不像武侠小说了，作者的真实意图才终于慢慢展露。特别是小说结尾，对于师父的离世，即使是吊唁的来客也是漠不关心的，最后他们"加入了鏖战麻坛的行列"。光芒四射的太师祖一脉相传的徒子徒孙，一代不如一代，令人唏嘘。

作品即便结尾了，也是余音未了：随着传统文化的衰落和世俗化进程的加速，灵魂的光芒慢慢黯淡，精英的退化在很大程度上具有不可避免性，也是对社会环境变化的反映。这种变化将会让整个社会失去精神支柱，令人担忧。这才是作者最终要表达的。

可以说《宗师的死亡方式》是一篇现实主义作品，但它又借鉴了先锋小说的叙述方式。作品的叙述圈套跟作者的终极表达结合得天衣无缝。

再看《小说月报·原创版》2018 年第 1 期川妮的中篇小说《晚餐》，从标题到作品的前半部分，以及从小说叙述的主轴看，我们完全有理由将小说界定为家庭伦理叙事。叙述者"我"是一个富二代，另外一个主角甲女出自官宦之家。在孟老夫子的撮合下，从事酒店行业、事业突飞猛进的母亲亲自主厨，配合在官场折戟的父亲，隆重宴请甲女一家。这次家宴相当于相亲，孟老夫子、双方的家长都看好这桩婚事。"我"却得不到甲女的钟情。甲女与省里二把手的公子结婚后，公子与其父在反腐的大背景下，因为腐败无处可逃双双落马，甲女出现婚变。为了让父亲摆脱困局，甲女最终被迫打掉了腹中的孩子。在这期间，只有"我"才是最关心她的人。

如果将视线局限于这条叙述主轴，读者也许还不能完全把握作者的真实意图。而小说文本至少生出了两条枝蔓。这两条枝蔓就像两扇窗口，透过窗口，里面别有洞天。一条枝蔓是两家的父母对子女婚事的经营，以此铺平通往官场和财富的道路。这场恋情的主角最终变成了配角。而变成了配角的两个年轻人，是整个事件中最有情有义的人。第二条枝蔓，就是对传说中的画坛风云人物孟老夫子的叙述。他收富太太和官太太为学生，在政商两界游刃有余。"我"与甲女即由他牵线。表面上他四处做好事，本质上他就是脚踩政商两界的掮客。这类掮客就是寄生在政商两界的毒瘤，也是检测社会风气的浮标。

甲女离婚后，孟老夫子再次撮合"我"和甲女。妈妈开始坚决反对让"我"当"接盘侠"，在爸爸的劝说下，妈妈最终妥协，两人达成共识。"我"的爸爸和妈妈，自始至终将"我"的婚事当成了买卖。小说结尾，叙述者"我"有一句极度失望的话："我们家的小餐厅，多么像一个舞台。"那个舞台曾经宴请过甲女一家。替真实作者代言的"隐含作者"，即叙述者"我"，此时直接发言，他让读者看到了爱与亲情沦丧的场景，也看到了作者对极端利己主义的忧虑和强烈的批判态度。在叙述主轴的枝蔓上，我们寻找到了作者的真实意图。

应该说，对于"叙述圈套"的运用，以上篇目并不属于个案，近年国内的文学期刊上随处可见，作品的风格也不尽相同。

有学者这样理解创作和阅读的关系：作者将来源于生活、社会的种种体验转化为变幻莫测的叙事编码，而读者在阅读文本过程中的种种感受也必须转化为对叙事的解码。一次完美的阅读，其实就是作者与读者的一场博弈。作者在创作之前，需要苦苦思索，力求将自己的终极表达以最佳的叙述方式呈现给读者，作者的意图通常会掩藏在叙述之中，读者并不能轻易获得，否则暴露无遗也将索然无味。同时，作者会期待自己的终极表达能被读者最终破译。而读者面对一部陌生的作品，开始会迟疑，试图寻找它的缝隙、破绽和不完美处，再到精神世界的碰撞，情感的升华和形而上的思考。在叙述过程中，不管作者为读者提供的细节多么纯粹或者芜杂，读者的大脑仍然会分析、筛查、分类，以寻找蛛丝马迹，实现与作者的精神会师。不论对于作者，还是对于读者，这样的博弈都是一次冲击灵魂的精神旅程。在这场博弈中，读者或多或少可以看到焕然一新的"叙述圈套"的影子。

原载 2018 年 2 月 23 日《文艺报》

"陌生化"视角下的现实"温度"

  作为一种对抗概念化写作的策略,"陌生化"经常在一些场合被提及,这个理论也时常出现在文学批评界的著述中。"陌生化"文艺思潮自俄国问世至今已有百年,影响深远可见一斑。

  关于"陌生化",形式主义评论家什克洛夫斯基在《作为手法的艺术》中谈到,对于熟悉的事物,我们的感觉趋于麻木,仅仅是机械地应付它们,艺术就是要克服这种知觉的自动化,艺术的存在是为了唤醒人们对生活的感受。艺术的目的是要人感觉到事物,而不是仅仅知道事物。艺术的技巧就是使对象陌生,使形式变得困难,增加感觉的难度和时间长度,因为感觉过程本身就是审美目的,必须设法延长。什克洛夫斯基在晚年撰写《散文理论》一书时,专门利用一节的篇幅,对"陌生化"进行了反思和重解,这时他所说的"陌生化",已经不再是早期唯形式的陌生化,而是向其中注入了意义,成为反映现实生活的"陌生化"。他说:陌生化——不仅仅是新视角。它是对新的从而也是充满阳光的世界的幻想。"陌生化"所说的文学反映生活,不是镜子式地反映生活。

"陌生化"已经融入一些作家的创作观。作家的创作，从潜意识转而自觉地受到了这种思潮的影响，是一种比较普遍的现象。一个卓有建树的作家，在他的创作生涯中，都会苦思冥想，谨慎地审视他身处的时代和社会，寻找恰当的视角，发现现实生活意义所指的闪光点，据此建构他的文本世界，通过作品向读者呈现他的终极表达。作家的这一审美过程，从某种意义上说，就是作家在运用"陌生化"的手法，回避创作的概念化倾向。

在贯彻陌生化/自动化对立的过程中，作家的想象力得到解放，不再沉醉于对社会生活的真实摹写，作品的叙事向度因此具有了多重可能性，读者也获得了更加丰富的阅读体验，感受到了复杂的社会情感和多样的现实"温度"。

新奇的艺术感受是陌生化的基础，而超常的语言关系是陌生化的表现形式。为了达到陌生化的效果，作家需要对语言进行独创性的运用，突破、超越各种规范。陌生新奇的形式往往可能导致新的风格的产生。

以贾若萱的《好运气》（《江南》2018年第1期）为例。作者是未满21岁的青年作家。虽然她已逐渐引起文坛关注，但对于普通读者而言，或许在疑惑和审视，这一副陌生而稚嫩的面孔，会提供怎样与众不同的文本？关于语言，贾若萱在一次访谈中说，小说语言不要落入俗套，要有爆发力，看似平静，实际暗流汹涌。她对小说语言的理解与"陌生化"高度相关。

我们可以从"陌生化"的角度来考察《好运气》的语言。作品中，我们得到的基本印象是，作者对日常生活非常敏感，语言风格犀利。小说围绕回乡为"我"的祖父迁坟展开叙事，但小说的家庭矛盾和伦理冲突要追溯到"我"刚上幼儿园的时候。小说的隐含叙事者"我"（王阔）是一个大学毕业后28岁了还没有上班的啃老族，身处一个破碎的家庭。"我"的父亲靠倒腾医疗器械发了财，日子过得风生水起。父亲有家暴前科，不堪忍受的母亲净身出户。刚上幼儿园的"我"从此没有再见到母亲。母亲后来找了一个公务员重新组建家庭。父亲则放荡不羁，现在的女朋友是一个大学生。

为爷爷迁坟，爸爸回乡，有机会跟母亲见面。但曾经的一家人相见，亲情并没有如期而至。在母亲家里，第一次见到同母异父的弟弟李尧时，"我"没有用弟弟称谓他，而是用"她另一个儿子"称谓他。这样的语言，多少会让读者感到错愕。爸爸妈妈刚见面的时候，对话则是："'好久不见。'爸爸对妈妈说，'你老公呢'？"而从家庭伦理层面来看，则完全突破了读者的想象，造成强烈的伦理错位。这些偏离、变形、夸张的陌生化语言，寥寥数语，即可凸显作者的叙事张力。

《好运气》的陌生化手法还体现在对比喻的精彩运用和典型人物形象的异化上。当爸爸妈妈发生争吵时，我坐在他们中间。"他们的呼吸像翻涌的海浪包围我。"昔日的完整的家庭，已成何种面目，可想而知。爸爸的"女朋友"桃桃背叛了他，就在爸爸妈妈争吵的时候，桃桃在杂货间搂住了李尧的脖子，"她的左腿钩在他腰上，像一根干净的绳子"。桃桃也曾试图勾引"我"。这几句话，最大限度地展示了修辞的创造性的积极意义，也让读者看到了"我"的复杂感受。

爸爸的"好运气"让他拥有了财富，但他没有感觉到快乐。他本以为有钱后就没有烦恼，可事实是，烦恼永远都在。作品中，生在这样"好运气"的家庭，我却"感到一阵厌烦，想着回去后就找份工作，随便哪里都行，只要能离开家，奔向全新的生活"。在上述陌生化的叙事语言之后，这样的情绪水到渠成。

有钱却没有亲情，"我"产生了极端失望甚至想离家寻找自己的新生活的冲动。"我"感觉到的现实生活的温度是冰冷的。通过小说文本，读者也读出了如同隐含叙事者"我"一样的现实"温度"。

从 2016 年第 11 期本刊转载的《他的家》，到现在的《好运气》，作品波澜不惊却冷峻的语言，恰如贾若萱前面所说：小说语言不能落入俗套，有爆发力，看似平静，实际暗流汹涌。

传递现实生活的温度，蒋一谈的《发生》（《山花》2018 年第 4 期）也是通过"陌生化"的手法实现的。《发生》是近期文学期刊发表的"陌生化"倾向比较明显的文本。小说文本的陌生化，就《发生》而言，最大的收获还不在语言，而在于叙事视角的差异所产生的陌生化效果。

"陌生化"理论有两个影响广泛的概念，即"故事"和"情节"。"故事"是作者所遇到的素材，也就是事件编年顺序，"情节"是指事件在叙述中实际呈现的顺序和方法。作为素材的一连串事件即"故事"变成小说的"情节"时，必须经过创造性变形，才可能具有陌生新奇的面貌。

在陌生化的小说文本中，文本与现实、话语与真实、叙述与历史并不是透明的镜像关系，文本的叙述不仅有它独立的自主性，而且反过来还对我们所看到的现实具有"虚构"和"建构作用"。

《发生》的小说素材，即"故事"，有豆瓣胡同的拆迁事件，胡同口的大烟囱已经拆除，胡同里面那些老旧的房屋，等待着被随时拆迁的命运，胡同前面的那座上百年的寺庙也要拆除，老街坊聚到一起聊起这事，有的感叹，有的伤怀。另一个"故事"，是空巢老人"他"的日常生活。"他"近七十岁了，老伴去世，女儿出嫁，家里只剩下"他"一个人了。"他"的生活是灰暗的，他对镜子都视而不见，"他不想在镜子里看见自己乱蓬蓬的头发和日渐衰败的脸"。不再有心情推开厨房门。"他"要靠吃安眠药睡眠，"他"的情绪不稳定，会忽然气急败坏起来。见到三轮车夫嘴里哼着小曲，他忽然很羡慕眼前这个靠卖力气赚钱的年轻男人，他有家人要养活，这是他继续生活下去的最大理由。来到护城河边，"他"甚至神情恍惚，有了跳进河里的冲动。还有一个"故事"，就是女孩夏天在豆瓣胡同的艺术活动。她花了五百元钱买下七十二块大烟囱上拆下的完整红砖，豆瓣胡同里住着七十二户人家，她打算每家送一块红砖和一张烟囱的照片。她想把烟囱的记忆留在每一户人家心里。得到了一家艺术基金会的支持，她还策划了另外几个行为艺术项目。

单纯的空巢老人题材，或者拆迁题材，这样的文本比比皆是，蒋一谈显然也无意流连于此。而这两个"故事"作为"情节"植入到了夏天的艺术活动，将是一个大胆的尝试。

在把"故事"变为"情节"的变形过程中，叙述的组织和安排起到了举足轻重的、不可忽视的作用。作家既不能重复自己过去的创作手法，更不可以重复别人。要突破，作家只有在组织表达方式上下功夫，必须不断地转换写法，必须采用多样化的叙述角度。从《发生》的文本，我们可以看出成功运用"陌生化"理论，将会打开作家的视野，作品也将由此获得新生。

作品中，夏天推着摇摇晃晃的自行车，行走在即将拆迁的豆瓣胡同，当她拿着一块红砖和烟囱的照片进入"他"家时，"他"的生活从此改变。夏天，或者说夏天的艺术活动点亮了"他"孤独的生活，冰冷的现实，从此变得有了温度。"他"参与了夏天的名为"青苹果"的行为艺术，"他"扮演一个和尚，以这种方式融入社会，以行为艺术的方式与人互动，看到别人开心的时候，他获得了快乐。在"他"参与到夏天的灯光装置艺术时，起初以为这个艺术活动就是为了胡同里的路人照明，他想买一些彩色灯泡，挂在这条胡同里，每隔二十米挂一个，买十个灯泡就行，花不了多少钱，路人既可以得到光亮，夜晚的胡同也会显得有活力。他很兴奋，暗暗佩服自己的艺术想象力。当"他"理解这个行为艺术的内涵，看到路人踩在用发光电线和感应液体设置的地面上，彩色的灯泡突然在胡同里闪耀起来，人们发出尖叫，灯光灭了，接着又开始闪烁，人们再次叫出了声，不再是先前的尖叫，而是好几声惊叹时，"他"冰冷的内心彻底打开了，甚至放射出了光芒。"他"在夏天的鼓励下，走进这个灯光艺术装置里，"他的身体异常轻盈"。"（'他'）内心感慨不已：自己只是一个退休工人，想不到会和艺术扯上关系，真是不可思议，不可思议！他连连摇头，同时也在庆幸。"

关于陌生化的小说情节，晚年时的什克洛夫斯基重新修正观点时说，它不再是为了造成读者感觉延宕的情节，而是为了读者重新审视生活的一种方式。

作家内心的温度，经过"陌生化"的手法，成了小说文本中的现实"温度"，也让作品具有了强烈的浪漫主义色彩。作品的叙事向度，没有走向人性反思和现实批判，而是走向了对孤独的灵魂的安慰。

小说的结尾，"他"在梦乡见到了自己的妻子。这多少会让一些读者感到疑惑：如此明亮的情节，因为缺乏反思和批判的力度，是否会削弱了小说的审美价值。小说的终极表达一定会指向反思或者批判吗？现阶段的文学，积极浪漫主义是否已经没有了现实意义，这已经是另外一个话题了。但在《发生》里，蒋一谈的"陌生化"手法，是提示读者，可以用不一样的眼光看世界，发现世界不一样的情感和不同侧面的人。

不论是《好运气》，还是《发生》，从另外一个侧面，我们看到了更加复杂的人格，更加丰富的情感，也感受到了从冰冷到温暖的现实"温度"，这，也许就是在"陌生化"理论的指引下，作品的形式美感之外，读者的又一个收获吧。

原载《长江文艺·好小说》2018 年第 5 期

"可知"背景下的"不可知"选择

——浅论曹军庆小说的叙事策略

　　梳理曹军庆的数十篇中短篇小说作品，可以清晰地得出一个结论：他继承了 20 世纪 80 年代中后期在中国文坛兴起的先锋精神，并按照自己的审美取向不断调整和拓展他的写作空间。虽然先锋文学在中国已经式微，但曹军庆的小说观念似乎没有转变的迹象。这在湖北文坛，乃至中国文坛，也算得上是一个不可多见的景观。

　　曹军庆的小说一直在文本中表达着"可知"与"不可知"的思索。叙事也是在"可知"与"不可知"的交织中进展。清晰的时代和社会背景是无法变更的符号，即所谓"可知"。在曹军庆看来，世界无时无刻不存在着偶然性和不可遇见性，个人的命运也无从完全自我把握，即使在这个"可知"的世界里。这就是本文所说的"不可知"。

　　曹军庆的写作有别于传统"共名"的宏大叙事，有别于 20 世纪 90 年代兴盛一时的、沉醉于小说技巧和语言创新以及试图彻底颠覆传统小说观念的极端个人化写作，更有别于当下众多活跃在网络媒体和传统媒体的、疏离现实生活的泛文学写作（比如类型小说），他以不事张扬的民间叙事立场，以最直接的方式切入现实生活。他小说中的人物，是组成社会细胞的最基层的分子。他在很多篇目中为我们描述了中国中部的一个小村镇：烟灯村。在这个村镇出没的人物，有小学教师，有没落的文化馆工作人员，有耕作在农田里的空巢老人，也有外出讨生活回来的农民工。这个小村镇，是改革开放后还没有完全走向繁荣富裕的中国中部小村镇的缩影。

《什么时候去武汉》是曹军庆早期的作品。小说一开篇就这样写道："刘不宗是我的仇人。但是，表面上，我们又是朋友。这种关系，就连我自己也说不清楚。很多时候，我们在一起喝酒、打牌，或者搓背……"小说中，"我"对刘不宗的仇恨没有明确的来由，就是简单的不喜欢他，而且一直隐藏在心底，没有任何人知道。在这种前提下，"我"总是想"搞"刘不宗一下，以满足"我"已经失衡的心理。"我搞他的想法比较简单，就是想办法打他老婆的主意。"小说将当下都市人浮躁、失衡的心理表现得入木三分。

曹军庆居住在离武汉不算太远的一座小城市，这使他有机会接触农村生活。《墙》就是一个农村题材的短篇小说。在这篇小说里，大量农村劳动力拥入城市；从城市返回的农村青年，心态也发生了变化，对耕作毫无兴趣；从事农事的主要是老人和妇女。农村的劳动力结构发生了变化，传统的道德观念也发生了变化。作者对农村的现状和发展前景表现出了明显的隐忧。作者对"可知"世界表示关注的同时，对世界的"不可知"，对个人命运的不可遇见性则表现出了更加浓厚的兴趣。诸如"烟灯村"、城市或者农村的婚丧嫁娶风俗习惯等，则演化成地域和文化符号，成为演绎这种"不可知"的道具和场景。

在阅读曹军庆的一些小说之后，我们发现，忏悔、失意、不圆满、破碎等诸如此类的情节也在他的作品中时常出现，这是他的小说的主要基调，也与作品表达的世界和命运的"不可知"，以及基于此理念的叙事策略是相互映衬的。《弥留之际》是曹军庆比较重要的短篇小说之一。文本中，王作春的妻子、儿女聚拢在他的病榻前，准备聆听他的临终遗言。这只是作者布置的场景，为他叙述王作春毕生的情感经历做准备。主人公王作春的感情世界丰富多彩，自青年时代，他的情感之路就充满了不测；他跟所爱的人走不到一起，与他同床共枕的是他不爱的人；他无法左右自己命运，就连与婚外的相好相约同时服毒自杀都出现了意外。

病榻上的王作春半清醒半昏迷。此时的叙事有明显的意识流痕迹，作者通过王作春的回忆，将他此生都无法释怀的情感经历呈现出来。推动情节进展的往往是几个细节，几句对白。极富张力的语言无疑恰到好处地把握了叙事的节奏，在叙事过程中，"可知"与"不可知"不断交叉，读者需要通过整理王作春繁杂的回忆片段，才能拼贴成他完整的情感历程。

而曹军庆的另一个短篇小说《赎罪》则把人物命运的"不可知"演绎到了极致。桂珍和柱子是情投意合的一对。在桂珍的母亲临终之际，他们无法左右自己的情欲，在母亲病榻旁的厨房媾和。母亲死后，桂珍觉得有愧于母亲。她感觉就在他们媾和的时候，母亲喊过他们，并从此有了心理障碍，无法接受柱子。小说中，个人的极端情绪成了左右人物命运的一环，而家庭和世俗舆论也参与了进来。柱子出走了。几十年后，"柱子怎么出走的，又怎么回来了"。他没有结婚，桂珍也是。两个人都成了孤独的老人。"村里人发现两个怪人老往一块儿凑，在一块就有说不完的话。"按说这个时候，他们可以旧梦重圆了，但并非如此，直到桂珍死了，"柱子提着猎枪，来到山上，在桂珍选好的墓穴处，柱子向自己的头部开了一枪"。

曹军庆的带有"不可知"倾向的叙事策略在他的作品中具有相当的普遍性，除了《什么时候去武汉》《杀人者》《脸面》等篇什，都或多或少显现出这样的痕迹。在作者看来，造成这种"不可知"的因素很多，包括时代、社会、周遭环境、家庭，甚至个体极端情绪等。20 世纪 80 年代中后期以后，中国文坛出现了无主潮、无定向、无共名的现象，作家的叙事立场也发生了变化，从共同社会理想转向个人叙事立场。在这种背景下，我们则可以把曹军庆的叙事策略纳入当下文坛多元化叙事模式中来评价，我更愿意把它看成是当代文坛多元化叙事模式中的比较有代表性的一个分支。

归纳这种"不可知"叙事策略的特征，我们看到，作者漠视世俗快乐，对人生可知的圆满、幸福和满足感抱着怀疑的态度，并沉醉于对生命"不可知"的痛苦的复述和探索。这种"不可知"的叙事策略，带有他个人艺术风格和世界观的印记。但他的创作黄金时期还远未结束，现在就用得与失评价他的这种叙事策略，还为时过早。

原载 2008 年 12 月 13 日《文艺报》

愿景与迷途

对于人的精神处境和生存状况的观照，是文学作品最重要的主题之一。新时期以来，特别是进入 21 世纪，个体与供职的"单位"的关系越来越松散，人成为"社会人"已经相当普遍。人走向社会，个体的命运和职业的发展因此充满了不可预见性。社会生活因此变得复杂和丰富，人的发展也变得复杂和丰富。这为文学作品的言说打开了更加广阔的空间。

蒋峰的《海面那儿有个小黑点儿》（《人民文学》2017 年第 4 期）和杨遥的《遍地太阳》（《黄河》2017 年第 2 期）就是这个题材的作品。倘若如王祥夫《半截儿》里因扒火车失事而失去下半身的残疾人半截儿，谈人生理想，对他来讲太遥远太不务实。如果说有什么现实生活的愿景，无非是自食其力养家糊口，不受歧视，能有尊严地活着。恰恰是"半截儿"们在现实生活中轻易不会迷失，他们通常具备在夹缝中生存的能力，是生命力极其顽强的一类人。

正常人的世界，七情六欲的饮食男女，则是另一番景象。比如，以 21 岁大学毕业刚刚走上工作岗位的甄安玲的视角看世界，她眼前的生活则显得单调无趣，缺乏活力，还因此陷入情感孤独的境地。

甄安玲的第一份工作是什么样的工作呢？她的老板黄总在海南香水湾盖了一个有一百栋别墅的园区，开发商没钱，最后给他十栋别墅抵账。十栋别墅摇身变成度假酒店。黄总说，"你做总经理助理吧，我们全称叫香水湾别墅度假酒店，我一个月给你五千"。刚入职场的甄安玲是懵懂的，她糊里糊涂成了"总经理助理"。整个酒店，没有总经理，也就她和三个保洁，外加一个兼职司机阿亮。甄安玲告诫自己不能把前程押在黄总这个人身上，但最终她留下来了。不论是度假酒店的"业余"，还是甄安玲的精干，读者都会做出判断：香水湾不会是她的久留之地。

进入工作状态的甄安玲显示出她处事的担当和个性的直爽，她还有善解人意和细腻重情的一面，并因此获得客人王大姐的信任。她能让老板依赖她，客人记住她，甚至关心她。但所在的酒店离县城还有三十里路，生活的不便和闭塞，久而久之，使甄安玲的事业与情感呈现出双重迷失状态。作品中的失婚男性，如吴同，如阿亮，与他们相处，似友谊、似男女情感。特别是对吴同，甄安玲不惜以身相许，甚至在平安夜请假前往北京，被吴同拒见，前台和保安围追堵截，最后员工将她绊倒在地，被保安架出大门，尊严扫地。以此为代价，无非是想用这样极端的方式完成她的情感宣泄。她这么做，并不是因为与吴同短暂的几天相处迸发出了爱情火花，而是情感孤独已到极限。在吴同那里碰壁回海南后，她与阿亮相处的一些细节，也颇值得玩味。他们是一种什么样的关系，或许她自己也说不清楚。

身陷迷途的，不仅仅是甄安玲。杨仕，智成大师和他带领的亿聆团队，吴同，以及甄安玲的同学叶子，他们基本都有着优越的物质生活。而在精神上，在情感上，他们很难说就比甄安玲充盈。

对于现实生活的理解，最清醒的两个人莫过于王大姐和阿亮，但他们呈现出了两种截然对立的人生态度。甄安玲想再听听王大姐的意见，重回香水湾的王大姐意见比一年前更明确：离开这里！阿亮却一如既往地淡定。当酒店不需要接客人的时候，他就去无人岛养蜂，吃蜂蜜面包，在树荫下小憩，宛如隐士。

阿亮的挽留，为甄安玲留下了最后的暖意。她一直想去海面上的那个小黑点儿——分界洲岛——看看，当到岛上都是黑压压的游客时，她甚至连上去的兴致都没有，直接去了阿亮养蜂的无人岛。甄安玲到底需要什么样的现实生活，只怕她自己也说不清。让刚入职场、涉世不深的她即刻做出明确的价值判断，确实勉为其难。王大姐和阿亮，两种姿态，孰是孰非，永远没有结论。甄安玲该何去何从，作者似乎也无意给出答案。

甄安玲的大学同学叶子在小说结尾部分出现，起到了渲染情绪的作用，并促成了甄安玲的最终离开。叶子毕业之后考到上海做公务员，负责接听环卫局失物招领处的服务电话。叶子对自己的现状满意吗？答案是否定的，这与她的初衷相差太远。她想回到父母身边，但被她的父亲臭骂。两个同病相怜、春节也未能回家的女生，在万家团圆的夜晚相拥而泣。她们的迷途是当下年轻人最重要的精神镜像之一。

读《遍地太阳》，就像是《海面那儿有个小黑点儿》的续篇，在追问同样一个问题。身陷迷途的人该如何摆脱困境呢？《遍地太阳》中的龙啸"行走"出了一种方式。龙啸是被动离职的，他所在的企业倒闭，生存都出了问题，他通过一次持续的行走完成了脱胎换骨的生命嬗变。相较于甄安玲，龙啸的愿景清晰和务实得多。他需要走出迷途，寻觅一种适合他自己的谋生手段，并找回应有的尊严。

作品的开篇，有着明显的存在主义的影子，写人的生存状态。曾经的高考状元，名牌大学毕业，人到中年却失去了工作。他抑郁，不想出门，害怕邻居问他为啥不上班。起初他对外界采取的是回避甚至对抗的姿态。但这仅仅是开头，接下来的叙事则呈现出完全不同的向度。龙啸最终走出内心封闭状态，面对现实放低姿态接受了他父亲的建议，"子承父业"，做二道贩子，到乡下收购瓜子。但内地的瓜子不好收，必须远走新疆，开拓新的领地。

临去新疆，他选择到五台山大朝台，以求内心平和。在此之前，他并未从内心失衡中完全走出，他需要强有力的精神依托以重振旗鼓。在去五台山的火车上，龙啸遇到蓝卫，她一次一次的善意和帮助，让龙啸冰冷的内心泛起暖意。慢慢地，他开始尝试打开自己，他与蓝卫互留了联系方式，这是他与外界的紧张关系得到缓解，并开始接纳陌生人和陌生事物的第一步。

《遍地太阳》通过龙啸行走的经历，将不同的人物串联起来，并完成了他的精神洗礼。因为龙啸打开了自己的内心，就像一株愿意接受阳光的向日葵，他一路的感受，就如小说的标题：遍地太阳。他因此打开了收购瓜子的局面，满载而归。

作品还塑造了另一个主要人物——夏微雨。在小说结尾之前，她一直是若隐若现的。在送迷路的大妈去看住院的孙子时，龙啸偶遇寻找多时的初恋夏微雨，她就在那家医院工作。到新疆，龙啸最想见的人就是她。直到龙啸即将从乌鲁木齐返回，她才赴约。以前活跃的她，经常在网络上邀请老同学去新疆做客，但龙啸真的去了，跟她留言，她却从此消失。脸上的一道长疤隐藏了她的秘密，她不愿示人。但已从迷途中走出的龙啸，凭他的三寸不烂之舌，让夏微雨的冰湖也开始解冻。

除了存在主义的影响，或多或少也看到了作品中佛教"因果律"的影子，作品总的基调是乐观的，体现了作者的人生哲学和价值判断，不论你是否认同。

生活像小说，情节时刻在推进，旁人或者读者，也时刻会看到或者读到人的愿景实现的喜悦，或者深陷迷途的绝望。生活中见得多了叫阅历，书里读得多了叫知识，即使有阅历有知识，你能如何指点和评价这些奔走的人们？生活没有结论，我们读到的这些作品，不也是如此吗？正因为如此，文学和生活一样，也显得无法捉摸，魅力无穷。

原载《长江文艺·好小说》2017 年第 7 期

第三辑

对　话

胡学文：文学的生命在于变

喻向午（以下简称"喻"）：学文兄好！你是《长江文艺》的老朋友了，有 19 年的交情。作为你的责任编辑，以前我写过你的评论，那是单干。今天我们互动，以书面的形式聊你的创作。多谢你接受我的邀请。

胡学文（以下简称"胡"）：也谢谢向午兄。几年前你关于《风止步》的评论，观点深刻、新颖、独到，是及物之评，想你用心很深。用心当然是一方面，另一方面，我觉得是作品与评者的缘分，你能寻找出作品中掩藏的甚至写作者也未必意识到的东西，令作品增色。也谢谢《长江文艺》，这份情谊现在记得，将来也会记得。我说《长江文艺》是温暖的，是肺腑之言。

喻：据我了解，学文兄是从 1995 年开始发表作品的。5 年后，因为《秋风绝唱》这部中篇小说，你开始受到文坛关注。2000 年第 1 期，《长江文艺》以头条的形式推出《秋风绝唱》，作品随后被《小说月报》转载，还获得了《长江文艺》2000 年度方圆文学奖、河北省作协 2000 年度优秀作品奖、河北省第九届文艺振兴奖。你从开始写作，到成为受关注的作家，经历的时间并不长，这与你的写作准备，包括阅读、知识储备、人生阅历应该密切相关。

胡：《秋风绝唱》确实给我带来了许多收获，但从开始写作到受到关注，这个过程挺长的。20世纪80年代末我就尝试写作了，当然寄出去的稿子都被退回。那时，看到一个作家的访谈，他说自己被退的稿子有半人高，也许是夸张，但我深受鼓励，因为我的退稿摞起来还不足一尺。一个人的写作是需要信心的，不同时期信心也不一样，否则写不下去。听说村上春树坚持长跑，有好身体才能持续写作，这也是信心的一种。福克纳32岁就写出了《喧哗与骚动》，克拉斯诺霍尔卡伊·拉斯洛写《撒旦探戈》时年仅29岁。与这些天才作家相比，我差得远呢。每次听到别人褒奖，我都十分羞惭，真不是谦虚。写作须时时仰望高山，仰望星空，若只低头望着自己的一亩三分地，还写个什么劲儿呢？注定是没出息的。无论阅读范围、知识储备、人生阅历，我都远远不够。我从未放弃学习和写作，只是进步太慢了。哈！

喻：学文兄的写作非常及物，面对现实，直抵人心，所以很多人说你是一个现实主义作家。我觉得不够准确，如果说你的小说是"现实主义"，那么，我倒认为，这个"现实主义"只是进入生活的角度和方法，不是简单的情节的描写，更不是简单的叙事和批判。我更愿意说学文兄是一个现实感很强的作家。

胡：一个作家总要被贴上这样那样的标签，无论是否愿意。当然有好的一面，贴上了识别符号，意味着写作得到了认可，或者一定程度上的认可，即所谓的关注吧；不好的一面是，一旦这种认识植入他人大脑，很难改变，觉得你肯定是这样，就该这样。而这样的认识不是基于对作品的阅读，很大程度上是简单的移植，是印象认识。我不在意别人说自己是什么样的作家，只在意作品是否有新意、是否有深度，只在意作品能否让人记住、能否让人思考。

喻：作为一个"60后"作家，20世纪80年代末就开始尝试写作，多多少少会受到先锋文学的影响，从《秋风绝唱》《从正午开始的黄昏》《风止步》《逐影记》等一系列作品中，我们可以看到你在创作过程中的现代性自觉。但你与20世纪80年代的先锋写作还是保持了恰当的距离，而与传统的现实主义，甚至"新写实"相比，你的写作又更进了一步，你一直在不断探索文学本体的价值，同时也强调了文学的主体性。不论是持现实主义美学观的读者，还是精英读者，他们在初读你的作品时，都可能会有一种一见钟情的美学诧异。持现实主义美学观的读者认为，你的写作现实感很强，"讲中国故事"，但你的小说技巧相对于传统的现实主义却有了很大的突破，观念上或者终极表达层面的突破也是巨大的，他们会认为这是现实主义的新动向。而精英读者在看到你的先锋意识的同时，可以读到你的细节、情节和故事，还有塑造的人物形象，饱满，性格特征鲜明，让人过目不忘。他们会赞叹先锋小说还可以写得如此鲜活。比如你的早期代表作《秋风绝唱》，在形式上，就具有了后现代主义的叙述风格。很多读者觉得这篇小说主要是写坝上草原的百姓生活，侧重讲故事，有明显的地域特色，将它归类于现实主义小说。但从小说形式层面考量，我却从作品中看到了后现代主义的影子。作品中的"尹歌笔记"，就是一种碎片化的叙述，它成了另外一条叙事线索。"尹歌笔记"将叙述的主线拆散了，让情节显得凌乱，但读者在阅读过程中，会不断拼贴连缀这些碎片，与主线的叙述相互补充。通过不同视角，事件在不断整合、丰富，形成读者心目中的完整叙述。拼贴连缀的过程，也是读者参与到叙述的过程。这明显是采用了后现代主义的叙述方式。

胡：究竟什么是先锋文学？可能有一致的标准，也有不同的定义。我于 1984 年考入中等师范，刘索拉的《你别无选择》是在学校期间读的，那时我还未曾听到先锋文学这个概念。我读书不多，在所读的作品中，欧洲作家、俄罗斯作家的作品较多，这个多，也是相比自己的过去而言。《你别无选择》让我感觉很新鲜，和以往在刊物上读到的小说明显不同，后来才知道这叫先锋文学。徐星的《无主题变奏》我也读了，还有马原、孙甘露、残雪的作品，有的读懂了，自认为读懂了，有的读不懂，但还是硬着头皮读完了。那些没有标点的小说是极费时间的，可是想弄懂，就得读嘛。学校熄灯早，我经常买蜡烛，哈！那时，我认为先锋文学就是形式和技术上的创新，在怎么写上玩花样，谁的花样玩得更好更特别，更让人不懂，谁就先锋。但之后，随着阅读量的增加，也有在写作中的思考，我认为先锋文学并非形式和技术，至少不仅仅是形式和技术，而是认识和审美上的前瞻，是作者关于这个世界的思考，思考、认识的角度或方式特别而已。后现代主义碎片化的叙述，首先体现在对世界的认知上，那是根，文学艺术是花，是果。

回到刚才的话题，始于 20 世纪 80 年代的先锋文学对中国当代文学贡献甚大，如文体意识的增强、叙述的自觉性等，我没有刻意保持距离，也没有多么推崇。在我看来，现实主义、现代主义、后现代主义各有优势，一个写作者什么样的营养都要汲取，就像一个作家说的，要有强大的胃。对某种主义的轻视不可取，也很可笑。如果你的作品被贴上了标签，不管是什么样的标签，都不会是你的独创，没有得意的资本。如果你的写作是怪胎，谁都归不了类，那才叫独特，才算独树一帜。

你说《秋风绝唱》是后现代主义的叙述方式，我不否认，似乎时髦了，但我不觉得这有什么了不起，你能归类嘛。我争取写一篇你无法归类不能贴标签的小说，哈哈！

喻：学文兄还有不少作品吸纳了后现代主义的叙述方式，《逐影记》的后现代主义特征就非常明显。作品由 13 个片段拼贴而成，2000 年夏，2002 年秋，叙述的两个时间轴，相对独立，基本没有交集，人物和事件的关联性如何，完全由读者填充和建立联系。在小说的第一稿中，并没有这 13 个标注时间的小标题，因此，相较于呈现给读者的最终定稿，阅读第一稿是具有更大难度的。编者作为中间的协调人，提出建议，学文兄才在时间和空间上做出了清晰的标注，读者在小说的叙事迷宫中就不太容易迷失了。我曾在一篇评论中提出过如此观点：一次完美的阅读，其实是作者与读者的一场博弈。作者在创作之前，需要苦苦思索，力求将自己的终极表达以最佳的叙述方式呈现给读者，而作者的意图通常会掩藏在"叙述圈套"中，读者并不能轻易获得，否则暴露无遗也将索然无味。同时，作者会期待自己的终极表达能被读者最终破译。而读者面对一部陌生的作品，开始会迟疑，试图寻找它的缝隙、破绽和不完美处，再到精神世界的碰撞，情感的升华和形而上的思考。在叙述过程中，不管作者为读者提供的细节多么纯粹或者芜杂，读者的大脑仍然会分析、筛查、分类，以寻找蛛丝马迹，实现与作者的精神会师。不论对于作者，还是对于读者，这样的博弈都是一次冲击灵魂的精神旅程。从这个角度看，编者的脚步稍微移近了读者的阵营，学文兄做出了妥协，错乱的时空维度得以修复，读者的阅读也可以稍显轻松，避免会师之前在作家精心设置的叙事泥淖里艰难跋涉，无法走出。但编者的这次建议是否恰当，还真有待检验。

胡：基于上述想法，在写作中，我从认识和形式两方面掘进，哪怕掘进一点点。说得再直接一些，每写一篇作品，都力争和上一部有所区别，力争有所进步。也许区别不大，甚至可能还退步了，但必须有这方面的努力。有探索意识，未必就能做到不一样，若没这样的自觉，就成了堆砌文字，写作也就没了意义。这也是写作的乐趣所在。比如这篇《逐影记》（《长江文艺》2019 年第 12 期），我并非刻意按照后现代主义的方式叙述，如果头脑里的条条框框太多，写作无疑会受到束缚。我的尝试是让不同的事件和时空并行，造成结构上的立体感，这有点儿像萨特的结构主义，但又不完全像。关于时间，在文中，我用描写暗示出来了，如第一节关于秋天田野的描写，第二节写的是夏季。我根据建议标注了时间。写作者总有和读者猜谜对弈的心理，一目了然其实没什么意思。若一味迁就读者，写作就会失去活力和创造力。

喻：学文兄所言极是，《逐影记》定稿，你确实向编者和读者做出了让步。

继续说学文兄的先锋意识。从你的一些作品中还可以看到存在主义的影子。上一次通话时，据学文兄说，王春林老师也有类似观点。《逐影记》就是一个明显的例子。主人公安娜与他人，甚至与整个社会，是一种紧张对立关系。在米东青出现之前，她不信任任何人，完全生活在恐惧之中。而学文兄的另一篇小说

《风止步》，则更为明显。我曾写过这篇小说的评论，标题就是
《拯救与抗拒》，这是一组对立关系。作品中，农妇王美花的孙女
被马秃子侵犯，得到信息的吴丁试图说服王美花用法律手段将马
秃子绳之以法。吴丁成为一个闯入者，介入了王美花的生活，王
美花觉得吴丁总是与她作对，处处威胁到她，恐惧、无助、抗
拒、愤怒成为人物内心感受的关键词。"他人就是我的地狱"，用
在安娜和王美花身上再恰当不过。存在主义思潮对学文兄创作的
影响，应该远远不止体现在《逐影记》和《风止步》上。

胡：若说跟世界、社会的紧张和对立，许多作品都有，如
《午夜蝴蝶》《容器》《向阳坡》中的主人公。在这个世界中，他
们是另类的，有妥协，也有抗拒。但"他人就是地狱"，并非我
的小说的核心和重点，我还是想写出寒冷、困境中的温暖和善
意，当然，那很困难，至少在我的小说中是困难的。所以，有人
说我的小说是冷色调。这和一个作家的世界观有关，但在生活
中，我是时时仰望太阳的。

喻：金赫楠在一篇评论《从正午开始的黄昏》的文章里说：
"小说提供的最本质的东西应该是对人心的理解和体恤，穿透因
为所以和理所应当，打破想当然的是非对错和善恶忠奸，努力深
入内心、接近灵魂，为人物的言行寻找理由。小说写作须有发现
心灵的意愿与能力，它应实现的是给心灵松绑，而不是增加捆
绑，应该为内心寻找力量，增加柔软，发现秘密，提供理解。优
秀的小说家应该有这样一种能力和野心：他的写作能够引领读者
去介入、探究那些浮光掠影之下内心深处的种种神秘与模糊。"
我非常赞赏她的这个观点。如此理解《逐影记》里的安娜和米东
青，也是一条不错的路径。

胡：这就要说到我对小说的理解。我一向认为优秀的小说不是阐释了什么，而是能提供可阐释的空间，空间越开阔，进入的路径越多越复杂，小说就越有意味。一部小说出版或发表，总有相应的评论，有不同的看法，那些看法可能是相反的，写作者未必认同，但这些评论和看法自有其存在的理由。如果写作者是基础创作的话，那么评论和阐释就是第二创作，是补充创作。一千个读者就有一千个哈姆雷特，就是这个意思。《红楼梦》为什么是伟大的小说？就是在小说中有小说，在小说之外有说法，太庞杂太丰厚了，你敲你的锣，我打我的鼓，不同的声音可以共存，这就是文学的魅力。无论是卡尔维诺所言的优秀读者，还是寻常读者，你都不能把观点强加于他，强行要他接受。在生活中，我经常遇到非专业的读者，他们兴致勃勃谈读小说的感觉，你能从眼神中看出他们的真诚，即使不认可，还是很感动，我基本是有耐心听完的。所以，你对《逐影记》的理解和我的想法不一样，我反而很开心，进入路径多，意味着小说的丰富，意味着有阐释的可能。

喻：我想到了另外一个问题。从金赫楠的评论看，她的观点是认同"向内转"的。读学文兄的《逐影记》《风止步》等篇目，很容易得出这样一个结论：对内心世界的探索成为主体的自觉意识，外部世界只是一个大致可辨的背景。因此，也可以将你的创作纳入"向内转"的话语体系里讨论。比如《逐影记》，在与外部世界建立联系之后，你就将叙事的维度定位在个体的人与生存的价值、个体的人与社会的关系层面，而且尽可能地打开了人物的内心空间，让人物形象立体和丰满起来，并最终指向终极的人文关怀。

胡：如果说我的创作有变化的话，就是向内转向。我不否认我对外部世界的兴趣，那是我的写作土壤，是人物生存、生活的场地，因而有评论家说我面对的空间无限大，涵盖整个人世间。小说的两极，一极是俗世生活，一极是精神向度，一端向下，一端向上。两个方向做得好，小说才做得扎实。说起来容易，真正做到很难，小说要么过于零碎，只有人间烟火，没有穿透的力量；要么过于生硬，只有貌似思想的东西，而缺少血肉，缺乏丰富的内涵。对外部世界的关注使小说具有社会性，当然，这个社会性必须有分寸，如果过于浓重，对文学是有伤害的。意识到这点，我努力地向内转，注意对个人内心世界的开掘，也是想把小说的两极都做得好一点儿。

就个体心理而言，这个世界的空间其实也是无限大，可以无限地掘进。当然，向内转向不是忽略或放弃外部世界，而是努力在二者之间寻找平衡点，侧重外部世界在个体心理层面的投射，侧重个体心理对外部世界的个性化窥望。其实就是在人心深处掘一个瞭望的孔隙。想的是这样，做得好不好，还要看小说。

喻：李陀曾批判先锋文学忽略或者完全摒弃对文学人物的塑造。他认为，先锋文学都有一个共同的缺点，就是太个人化，太关心个人经验，特别是个人的内心经验。文学写作从来各种各样，千变万化，但是历史和信念正是文学这条大河的两岸，一条河没有岸，那就会造成文字的泛滥，情感的泛滥，最后是恶俗信念的泛滥。但学文兄的写作恰恰都避免了这些问题，而且特别注意人物的塑造。你小说里的人物都有一个比较明确的时代背景。比如在相对富足的当下社会，该如何建构个体的精神空间？对应的人物是试图努力保护自己的内心空间，否则完全泄密之后，个体的社会关系将面临瓦解的乔丁和他的岳母（《从正午开始的黄昏》）；比如空巢老人、留守儿童在农村普遍存在，而且农村社会法治观念仍旧普遍淡薄，甚至出现了扭曲的人格，对应的人物是以偏执的形式"呵护"受侵害孙女的农妇王美花（《风止步》）；比如老龄化社会来临，人的物质生活与精神空间却在逐渐背离，对应的人物是儿子"孝顺"，自己却无法"消受"，甚至还出现人格分裂的老汉（《天上人间》）；比如在 21 世纪初期看似已经非常开化的社会背景下，张扬女性个性自由很可能仍然会被视为红颜祸水，被另眼相看，对应的人物是年轻漂亮、个体意识觉醒，但内心无助、孤立无援、苦苦挣扎的米粉店老板安娜（《逐影记》）。读完小说，这些人物基本都能被记住，有的甚至让人记忆深刻。

胡：我写作至今，没有变化的是，始终钟情人物塑造。小说能否被读者记住、是否有深度、与塑造的人物个性是否鲜明，这些都与个性是否复杂有关。其实，现代派文学也有人物形象的，福克纳当然算一个，卡尔维诺的《分成两半的子爵》《树上的男爵》，其人物个性也蛮鲜明的嘛。当然，先锋文学的方向、重点不在此。写不写人物，与作家的追求、审美有关。塑造人物能写出伟大的小说，如托尔斯泰，不写人物也有很经典的小说。喜欢怎么写，就怎么写，万物可以共存，小说的世界为什么不能呢？但把不写人物当时尚，认为塑造人物就是过时，我认为不可取，有点令人怀疑。这个话题往深处讲容易伤人，就不说了吧。我想说的是，我钟情于人物塑造，但又迷恋先锋小说的叙述，二者我都不想放弃，想在二者之间摸索出一条路径来。

喻：学文兄的小说塑造的人物，看起来，每个人的故事都具体而微，都是小风景，但他们每个人的遭遇和经验集合起来，就成了这个时代的症候。你的写作将时代和历史的完整性和丰富性表现出来了，且你的视角还反复强调了现实的多重度，而不仅仅只是它的宽度和深度。可以说，学文兄的小说与李陀批评的那种个人化写作保持了相对距离。你在构建个体精神空间的时候，总有一条"脐带"将它与时代和社会联系起来。

胡：嗯，你谈的这些在前面我已经有所涉及。写出人物个性只是第一步，第二步，更为重要的是要写出其何以如此，要写出性格形成的逻辑。不管这个逻辑是怎么形成的，必然与其生活环境，甚至与某些事件有关——也就是外部世界。我用"投射"，你说"脐带"，我想我们表达的是一个意思，即个体的精神空间不会孤立存在。那种联系，那种传输，那其中的微妙，也只有文学能表达出来。

喻：有评论家曾对缺乏爱意、过度挖掘人物阴暗内心并乐此不疲、津津有味叙写丑恶、肮脏事物的单向度写作提出了严厉的批评。还有学者直接针对"向内转"发声，认为当下这类文学创作的一部分作品审美营造能力明显下降，参与社会价值建构能力急剧衰弱，在相当程度上，无法独到而深刻地反映当代中国特有的复杂性。但学文兄的写作也避免了这类问题的发生，你通过作品在不断强调文学与社会、个人与世界之间的对话关系。你看世界的视角，或者说洞察人物内心的方式是很独到的，作品呈现出的是多向度的表达；你拒绝对人物和事件做先入为主的判断，作品通常是通过多重视角将世界的复杂性表现出来。你提供了另一种主体接触世界的方式，而不是草率地融入所见的现实。比如，在《逐影记》中，他者给予的通常是令人生疑的不可靠性。米东青与不同个体接触，不断碰撞，作品中的情感维度得到了平衡，读者因此不再随大流地站在某个观点的屋檐下，而是选择思考、分析和判断。学文兄试图通过自己的方式为主人公安娜和米东青建构理想的伦理秩序。这种秩序，其实需要爱、宽容和悲悯之心支撑。

胡：你说到了两个问题，一是作家与评论家的关系，二是作家该不该在作品中发出声音，怎么发出声音。作品需要阐释，需要解读，从这个意义上说，任何一部作品都是由作者、评论家、读者共同创作完成的，写作者只是提供了被阐释的文本而已。作品的奇妙之处有时作者也未必能意识到，这就需要借助评论家的慧眼，而评论家也能一针见血地指出作品的不足，所以评论家是了不起的。我个人有不少评论家朋友，既有比我年龄大的，也有比我年龄小的，我非常钦羡他们的才华，有时会为他们的一句话、一个词而痴迷、激动。没有他们，文学将失去光彩。当然，也有评论家的论点，我个人并不赞同，但我同样尊重。前面说了，作品可以有不同的解读。不过，说到具体的写作，没有哪个作家会按照评论家圈定的框子去写，那样，写作将失去自由，也失去快乐。第二个问题，自创作以来，一直有争议，观点不同，理由各异。其实，作家在写作中肯定有立场有态度，彻底退后彻底隐没很难做到。就是彻底隐没不也是态度吗？在我写作的初期，作品的倾向性是比较明显的，具体到一个人物的描写，也包含我的个人好恶。但后来，我竭力后退，竭力让自己的声音隐藏起来，完全交由人物自由发挥。以前我会反感、讨厌其中的个别人物，但现在不会了，再令人生厌的人物，我也会尊重。你提及作品的多向度，也与此有关。这是作品丰富性的前提。

喻：《逐影记》是学文兄在《长江文艺》发表的第 9 部中篇小说，时间跨越了 19 年。读你的这些小说，可以得出一个结论，你的作品有大体清晰的辨识度，但每一篇小说风格都不尽相同，不同的文艺思潮在这些篇目中得以呈现，而且还关注到了社会的方方面面。看得出来，你对自己是有严格要求的，力求不重复自己，不允许进入惯性写作的通道。打破自己的写作路径，在美学上的探索不断推进，这对你其实是一个很大的挑战。

胡：啊哈，9 部中篇，实在够多了。在我心目中，《长江文艺》亦师亦友。编辑在轮换，我和《长江文艺》的友情从未间断。这 9 部作品虽不能概括我写作的全部，但大体上能识察我的写作脉络，一步步是怎么走过来的。写作需要自我挑战。很难，极其难，每前行一点点都很不容易，但只要去尝试，总有可能。就最基本的词汇使用，比如写不喜欢的人物的外貌，用词也不是说变就变的，有一个过程。作者不喜欢小说人物是正常的，但必须给予足够的尊重，力争用词精准、妥帖、恰当，这与态度有极大关系。词汇的改变尚且如此，何况叙述方式、思维走向？进步不大不可怕，就怕囿于一隅，故步自封，墨守成规。

喻：因为你不断探索的美学追求，你的小说观念和作品形式也是发展和变化的。对于文学批评界来说，你是一个很难用批评概念来概括和定位的作家。

胡：难以用批评概念概括和定位，是我追求的方向，如果真正、彻底做到了那样，我会很开心。我以为，与那个目标还是有距离的，但我在努力。最近有作家谈格非的长篇小说《月落荒寺》，谈格非的变化。若读小说，确实会大吃一惊，与格非之前的写作太不一样了。我也听到不少声音，说格非变了。格非为什么不能变？不管这样的变化读者和评论家是否接受，但于格非，我想，自有他的理由。作家需要听评论家的意见，但更需有自己的定力。我个人也曾听到异议，认为后来的作品读起来不顺畅了。对所有的意见，我都会认真听取，但未必全部接纳。文学的生命在于变，不变绝对没有出路。可以是题材上的变化，也可以是形式上的变化，更重要的是形式上的，其实形式就包含着内容，反之亦然。当然会在一定程度一定范围妥协，比如这篇《逐影记》，我不就标注了时间吗？哈哈。但下一篇，我会走得更远。

喻：期待学文兄在《长江文艺》发表的下一篇小说，再次为读者带来不一样的阅读感受。

原发《长江文艺》2019 年第 12 期

尹学芸：情感是小说的魂魄

喻向午（以下简称"喻"）：学芸大姐好！你的中篇新作《一个人的风花雪月》（《长江文艺》2022 年第 6 期》）与读者见面了，很符合我的期待。我最初接触你的作品是在 2014 年年初，读完《大宝生于 1971》，我立即就被震撼到了。也是从那一年起，你的创作进入全面爆发期，并迅速受到文坛瞩目。很多读者以为你是一位出手不凡、横空面世的新锐作家。了解你的人都知道，其实你的创作已经积累了很多年。四年后，你获得了鲁迅文学奖。这四年时间，据不完全统计，你发表了四十部左右的中篇小说，一些重要的作品也是在这个期间发表的。

毋庸讳言，当受到文坛关注，以及随后获得鲁迅文学奖时，你已经不再年轻了。同时代与你一起出道的很多作家，20 世纪 90 年代前后就已经在文坛声名鹊起。为什么此前这么多年，你的创作一直没有引起文学界足够的注意，当读者发现你时，你又能在很短的时间受到文学界的一致认同？这真是一个有意思的话题。我曾感慨，学芸大姐真是一个生不逢时的作家，但又是一个生逢其时的作家。

尹学芸（以下简称"尹"）：向午好。谢谢你为这个访谈做的所有努力。也谢谢你对作品的青睐，以及一直以来的独具慧眼。

也是这次偶然翻查资料，发现梁又一写的评论《万物生而有灵》，是以《大宝生于1971》《活在他们中间》以及《贤人庄》中的三只狗作为评介主体。后两部作品先后发表在《小说界》和《长城》，都被你们的选刊转载过。如果不是看到评论，我根本不会意识到曾写过三只狗，而且会引起评论家的注意。再看出处，原来是长江文艺杂志社的公众号推出来的。哎，你们总是默默支持啊。

我走出来或不走出来，都没什么好奇怪的。兢兢业业的写作者到处都有。总会有人在各年龄层、各时间段以各种不同的方式冒出来。作品是有时运的，这同人的命运一个道理。我平时有句口头禅：好好做人好好做事，其余交给命运。事实证明命运不薄好好做人做事的，有人在我身上看到了光，这可能是我对社会对文坛做出的最大贡献。

喻：20世纪80年代初期，西风东渐，随后几年，先锋文学在中国兴起，并迅速风行一时，成为那个时代最受人瞩目的文艺风潮。当时先锋文学并没有在"写什么"这个层面寻求突破，转而关注"怎么写"，一批年轻的先锋作家将最大的热情投入到了形式技巧层面的创新。当这种创新遇到瓶颈之时，先锋文学也渐渐式微，而随后涌现出来的一些比较活跃的作家以退为进，于是新写实主义、后现代主义逐渐成为文坛新的景观。20世纪90年代，毕飞宇、李洱、东西、艾伟等一批出生于20世纪60年代，并于20世纪90年代走上文坛的作家，形成了"新生代作家群"，他们或多或少受到先锋文学思潮的影响，逐渐成为20世纪90年代以后中国文坛的主流。学芸大姐现实主义的创作形式，很容易湮没在 20 世纪 80 年代以来的各种文艺风潮中。从这个角度说，作为一个"60 后"作家，你确实有些生不逢时。

直到 20 世纪 90 年代中期"现实主义冲击波"出现，"写什么"才重新受到重视。"先锋"的疲惫，以及近些年对"讲好中国故事"的强调，让现实主义再次焕发生机。"讲好中国故事"是现实主义小说家的强项，回顾历史，时代和社会的具体风貌如何，有相当一部分都是由小说家呈现的结果。

在这样的时代风潮下，你有二十余年的创作积累和相当水准的创作实力，受到关注，得到普遍认同，并获得很高的荣誉，这应该说是水到渠成的结果。

尹：年轻的时候阅读了大量文学作品，那样一种浩瀚的阅读现在不会有了。很多阅读都像云雾一样面目不清。但即便是面目不清，也在成长过程中提供了养分。所以阅读是最好的催化剂。不同的只是自身领悟力和产生的效能。还有，作品被人关注也需要契机。但这都不是作者能够考虑的。我反复强调一点，对于作家来讲，就是最大程度呈现你的才华，没有比这更重要的了。你呈现了，也许就会被关注到。不被关注，那只能继续努力。任何时候都别放弃。这也是我基于自身经验最想说的话。

怎么写应该是一个永远值得探讨的话题。各种文学思潮的兴起，对现实主义是一种覆盖或湮没，这也是没办法的事。但历史是循环往复的，有它特有的周期性，所谓机会是给有准备的人，大概就是指这种特定的时候。个人的情况千差万别，再活一回我也不可能成为新锐，而是那条漫长攀登路上的徒步者。这是性格使然。享受过程比享受结果重要，否则漫长的人生路干些什么呢？讲一个好故事当然重要，但还有比故事更重要的穴位，就是人物。人物写好了，故事自然就出来了。反之，故事讲得再好，如果掩盖了人物，也难说是好小说。反观外国文学作品，大师们以短篇刻画出的不朽人物比比皆是。

面对一个题材怎么着手，更多的可能与经验有关。用什么样的形式呈现，我是不太考虑的。我只求讲得舒服。有时一个开头反复写，其实就是找一个能够舒服的点位。

如果说鲁奖重要，那可能是作品会带来一部分受众。但对作者自身，不意味着你的地位更高或你的作品更好。踏踏实实写自己感受到的，作家其实别无长物。有时候想想《红楼梦》或《金瓶梅》，后人从中看什么？透过人物、故事、细节，从字里行间感受那个时代的气息，我以为是最重要的。

喻：谈学芸大姐的创作，离不开"现实主义"这个关键词。我们回顾西方现代主义、后现代主义等思潮的诞生与兴起，都是有哲学家、思想家在承前启后地不断推动。现代主义文学、后现代主义文学，理论和文学创作是携手前行、相互印证的。中国的先锋小说创作，从形式到内容的陌生化，也都可以找到参照的路径。而现实主义文学在当下则要面临更多挑战，"现实"越来越具有难度。现实主义的历史太悠久了，在中国有着最为扎实的根基，现实主义的优秀作品和理论著述汗牛充栋，如何创作现实主义文学作品，可以在文献中找到无数现成的、公认可行的论述。但从作品形式和内容的陌生化角度考量，沿着既有的现实主义路径，在前人积累的经验基础上，很难有超越性的突破。创作一部优秀的现实主义文学作品，需要底气和雄心。当然，时代和现实生活永不停歇，文学语境和现实场景也在不停变化，现实主义在不断地实现自我更新，它与新的社会思潮以及新的社会现象相结合，打开了作家新的创作空间。我们看到，依然有大部分作家坚定地走在现实主义的道路上，开拓着现实主义的视野，并且成果斐然。因此，从不胜列举的现实主义小说家及学芸大姐的创作实践看，当代中国的现实主义文学并没有被那些伟大的作品终结，而是与时代和社会同步，在推陈出新，健康发展。

新时期以来，我们处在稳定的和平发展年代。面对纷繁复杂、碎片化的现实生活，现实主义作家需要具有化庸常为神奇的能力，考验的是作家的叙事能力和对生活抽丝剥茧、不同凡响的认知能力。否则，何谈拓展现实主义的边界。一个成熟的作家，在形而下的世俗生活基础上，他应该有能力虚构一个具有思辨性和形而上色彩的现实空间。李浩说这种能力是作家技艺而不是生活，是作家的技艺能力。

文学叙事是一项专业性极强的技艺，书写现实很容易陷入鸡零狗碎的平庸，将它从平庸中拯救出来需要大才华。那种将现实生活直接转化成文本的叙事，注定不是真正的文学叙事，哪怕它掌握了生活中一个具有传奇性，或者一个令人动容的故事，也无济于事。成熟的作家本身也是一个称职的思想者。一个纯粹客观存在、谁都可以复述的故事不是一个真正的文学文本，如果文本没有思想者创造性的介入，就不具备思辨性和叙述的艺术性。从《李海叔叔》《一个人的风花雪月》这些作品中都可以得到印证。

尹：为某个主义而写，我相信在天底下的作家身上都不会发生。所有的主义都是评论家事后总结出来的。离开主义，评论似乎就无所附着，但主义确实是文学最好的归类方式和方法，虽然听上去有些累。但也不得不说，作品被归类也似女人找到了婆家，莫名有种归属感。现实主义创作分为广义和狭义，无论是文学艺术对自然的忠实，还是摒弃理想化的想象而主张细腻地观察事物外表据实撰写，指向都基本一致，那就是现实主义作家对待现实的态度。如果做一类比，就像土壤里的蚯蚓，以翻查每一寸土地为己任。

你有关现实主义的说法，差不多也厘清了本源和方向。扪心自问，我是无意中闯入这条河流的。我相信，大多数作家在谋篇布局的时候想到的是人物和故事，而不是符合哪种旨趣。不知道马尔克斯或卡夫卡面对一个题材动手前都会想到什么，我确实对这一点挺好奇。正如你所言，现实主义有着优良传统，有汗牛充栋的经典难以企越，但我还是要说，创作是个体的，一个时代有一个时代的书写方式，经典都是岁月淘洗出来的。

从生活中捡拾创作元素，是我一直以来的遵循。生活提供了广阔的创作空间，作家只需做个有心人。至于技术性问题，都是在漫长的写作实践中慢慢解决的。只不过有人解决得好，有人解决得不好。

喻：学芸大姐对于故事，或者说对于现实生活的关注，远远超过了对于叙事形式的关注。在现实主义道路上，面向平常人物和寻常生活，这样的创作更考验作为创作主体的作家的技艺。当下现实主义创作的难度和开创性也应该体现在这个层面。

现实主义文学并不强调小说内容、语言和形式的陌生化，它是在小说的深度和厚度层面掘进。同时强调情感和伦理的常理化而不是陌生化。情感和伦理一旦陌生化，就无法得到读者的共情和呼应，这样的现实主义创作无疑是失效的。

形式的新颖和叙事的扎实，孰重孰轻，本不用厚此薄彼。我们知道，先锋文学并不排斥故事本身，在强调形式、内容和语言的陌生化的基础上，也在试图讲好故事；现实主义文学也并不是一味埋头讲故事，而不讲究形式和技巧。《铁雀子》的形式和结构就颇为出彩。在叙事和人物塑造的技巧上，《一个人的风花雪月》，从人物出场，到读者的大致印象形成，到矛盾冲突过程中人物形象的确立，到从不同口径，读者对人物形象认知的不断强化，这种稳步推进也是技巧。作品的前半部分，有一个人物齐天啸，他的出现看似闲笔，可有可无，但这却是一个非常巧妙的铺垫。齐志与雪燕离婚后两年没有见面，彼此也不再刻意关注对方。但雪燕离婚后的生活必须大致呈现出来，不然作品的完成度就不够。谁来讲述雪燕当下的生活？小说通篇只有一个人合适担当此任，那就是齐天啸。整个罕村，进过城的人很少，坐过飞机的能人就齐天啸一个。他在城市偶遇一直打工的齐志成为可能，见面谈及罕村、龙村和雪燕就水到渠成了，换作其他人就不合逻辑了。

一个优秀的现实主义小说家在叙事过程中，总是显得游刃有余，气定神闲，你很难在他的故事叙述过程中找到破绽和漏洞。这也是李浩所说的"技艺"。

尹：小说的谋篇布局我都是兴之所至。让我进入创作状态的原因有很多，一个人，一句话，一个故事，或一个细节。不是想明白了才动笔，而是边写边想明白。从一个小切口，抵达一个大世界。这样水漫金山的恣意方式，特别让人着迷。写作这些年，也没人告诉我应该怎样或不应该怎样，所有的经验和技法，都来自广泛阅读以后的兼收并蓄。以《小鲍庄》为例，我不知道我从中汲取了什么，但在我最初的创作中，确实受到了启发，甚至与发表在 1990 年第 5 期《天津文学》的《大河洼纪事》有关，那是我的第一部中篇小说。那样一种混沌的难以言传的感觉在生命中特别重要，你不知道那是什么，但你分明知道那里有些什么。

你立足小说做文本分析，我谈的是构成小说的元素和要件。写完《一个人的风花雪月》，我告诉自己这是属于柴禾末子味的作品。也就是说，我没有哪部小说离农事这样近，离乡俗这样近。唯其如此，我才想用一个形而上一些的篇名，用来提拎那种意绪中的无法言说。年轻时候的浪漫没有错，即便付出代价也难说后悔。我相信，我笔下的齐志就是这样的人。生命的走向充满了波折，但各种滋味是提供给文学的养分，收获的行囊中有温润的东西值得回味，这样的人生是充盈的。

人与人不同，村庄与村庄也不同。民风与风俗有关，而风俗这样的概念，过去讲百里不同俗，其实隔一条路、一条河都风格各异，在这个小说中，我也想写出某种变化。

喻：前面学芸大姐谈到了塑造人物，我想起钱谷融老先生"文学是人学"的文学观念。1957 年，钱谷融发表了题为《论"文学是人学"》的文学评论文章，影响深远。这些年，可能是"文学是人学"已经成为广泛共识，谈论的频率并不是很高了，但它对现实主义文学的创作指导意义依然有效。

"文学是人学"的文学观认为，只有以人为中心，把人写活，才能真正做到艺术地表现现实生活。钱谷融主张文学应该回到活生生的、有血有肉的"具体的人"，"抓住了人，也就抓住了生活，抓住了社会现实"。而如果本末倒置，一个支离破碎的"工具人"反而无法反映现实。钱谷融还认为，作家不仅仅是现实的旁观者，他应该与这个现实发生一种"痛痒相关、甘苦与共的亲密关系"，"伟大的文学家也必然是一个伟大的人道主义者"。这种文学观念让思想和情感成为不可分割的统一体。

当读者读完《李海叔叔》《铁雀子》《一个人的风花雪月》等篇目后，可能会更深刻地理解"文学是人学"。你有相当数量的作品都在关注人和人的处境，题材涉及家庭、婚姻、亲情，涉及人及其复杂的社会关系。人一旦陷入复杂的人际关系，陷入两难境地，人性的深度和复杂性就会被有效放大，这对应的是小说家不凡的虚构能力和思辨能力。同时，对人的关怀，也是最具普遍意义的价值关怀。这些话题我们后面再具体展开。

尹：人学与文学这样的话题，有谈烂之嫌，但永远不会过时。如李海叔叔这样一个形象，能唤起读者的情感记忆，恰因为他属于"这一个"，而又与普罗大众的生活息息相关。我得到的很多信息中，都是我家也有这样一个李海叔叔，而不是我就是李海叔叔这样的人。与前者相比，我期待的后者永远不会到来，这也是有趣的事。饥饿不是主题，但所有的人物和情节都围着它在转，繁复的人性表象下，一个"吃"字贯穿整个人生。利用各种迂回战术，付出各种辛劳，归根到底也仅是为这一点。

人是一切社会关系的总和。研究人与人之间的关系你会有许多有趣的发现。当这些有趣上升为有意义，大概就有作品的雏形了。用《李海叔叔》去对应《一个人的风花雪月》，也是个绝妙的事。前者是探访外部世界的边界，后者则向内。与其说我关注的是人与人之间的处境，莫若说我关心的是人与人之间的困境。审视自身或审视他人你会发现，困境无处不在。而处于困境中的人，才是有故事的人。

设身处地是一个伪概念，我一向这么认为。即便你走着他走的路，呼吸着他的呼吸，也难感受他所有的感受。但创造的人物不一样，你可以预设他所有的思维和立场，可以牵引他走向任何你想让他走的地方。当一个新的人物诞生，并在心里久久停留，大概就成功了。

喻：考察学芸大姐的小说，我们可以从多个角度入手。小说的时间背景，是我关注的一个角度。李浩认为，很多以现实生活为基础的小说往往存在"背景依赖"问题，在一个时期内极有影响的某些作品随着时代的变化、人们生活的变化，其背景上的附着物会一点点散尽，阅读者能够以自我的日常经验叠加进去的部分会一点点减弱，它的影响力和共感力会有所减损，甚至变得毫无价值。

但你的创作有个特点，就是跟当下最热点的现实生活保持了相对的距离，小说写热点题材的不多。你的故事经常发生在十年前、二十年前，甚至四五十年前，大部分作品是写你熟悉的人和事物，比如《李海叔叔》，就是从 20 世纪 70 年代开始写起，比如《一个人的风花雪月》，大抵从 20 世纪 80 年代写起。《四月很美》，也是从二十世纪八九十年代写起的。你的写作，最重要的关注点就是人物。你通常将人与人之间建立联系的时间拉长，视野因此显得非常开阔，在被拉长的时间段里，有时代的变迁，有人物关系的变化。所以你的作品观照人与社会，是经过时间沉淀的。很多作品无法通过时间关，经过时间的检验，十年后会淘汰一批作品，二十年后，能够保留下来的作品少之又少。你对于时间的把握是由视野决定的，客观上也让你的作品具备相对较长的保质期。

尹：话题让我想起旧时的一些情景。在我高中毕业七八年的时候，也就是二十五六岁，写过一些生活中的人物，当然都是习作。那时我就有一种遗憾，人物没法放到我所要表达的时间和空间里，换言之，那种有限的时间和空间无法诠释我所要表达的。这种记忆非常清晰，现在的七八年已经有了漫长感，可以改变很多。但年轻时不是这样，觉得这点时间都还来不及改变什么。就像深处的城池，再大的风浪也吹不皱水面。所以特别羡慕有人生经历和阅历的人。有时看年轻人的作品，他们少有我那时的焦虑，他们站在某个时间轴上，可以横向看世界。似乎我的目光生来就是纵向的，总想探求深处有什么。这也许就是一种思维定式，恰巧被我利用了。

还可能与性格有关。我不习惯轻易给人下定义，而是在形成时间链条上的关键节点看人和事物。小说人物恰好是这样的产物。我经常说，做人做事写小说，都要想着两个字：格局。不是说我做得如何好，而是我心里有这样一个概念，可以做一个自觉的追求者。这些可能也恰好成就了我的小说以及小说人物。

像《四月很美》这样的作品，都是你反复提，你不提我都快忘了。这种来自个人经历的小说，在我的作品中没有那样大的占比，它跟《李海叔叔》甚至可以形成参照，都有主人公的成长元素。

喻：学芸大姐对时间的把握和处理，会产生一种水到渠成的阅读感受，那就是沧桑感。沧桑感来自将时间拉长之后的回望。经历漫长的时间，情感的对立和冲突消解之后，即会产生明显的沧桑感。源于生活、直接从生活现实中取材的小说，其中的情感和伦理很有可能反向投射到现实生活，与阅读者的经验参与形成交互关系，阅读者可以将个人的经历、经验和感受向其中叠加，由此产生共鸣。而作品的时间厚度促进了这一阅读感受的生成。

在《一个人的风花雪月》中，双人被最符合主人公齐志对于婚姻生活和夫妻关系的完美想象。这个完美想象是齐志最朴素的理想，但理想近在咫尺，却始终无法实现。罕村结婚不久的青年齐志对于婚姻的理解不同于老一辈人，起初他还处于梦想阶段，也因此跟自己的父母和岳父、岳母起了无法调和的矛盾，他所做的一切都是为了维护新婚妻子雪燕。但在坚硬的现实面前被碰得头破血流。对婚姻的梦想终究是个泡影。

你也没有让关于婚姻的浪漫想象无处容身。作品中，具有隐喻意义的"道具"双人被，直到齐志再婚，都未被"毁尸灭迹"，你要为美好的事物留一个念想，毕竟，我们的生活需要念想。主人公齐志也是这么想的，"小建也要娶媳妇了，这床被子从来也没人盖过，可以铺在儿子的婚床上"。阅读者一言难尽的感慨，正是对作品沧桑感的回应。

尹：说来真不是有意，你做责编的几部中篇都是乡土叙事。潜意识里，我会觉得乡土叙事更有分量也更符合我为人为文的初心。具体到《一个人的风花雪月》，它确是从罕村长起来的。齐志就像邻家兄弟，一个"过日子人家"的男孩子，与"不是过日子人家"的女孩结婚，既有观念冲突，也有伦理碰撞。而这些冲突既有小环境的原因（家庭），又有大环境的元素（乡村）。任何一个村庄都是一个小世界，尤其是在农耕时代，像王国一样自成体系。你会自觉规范自己的言行或三观，使之能融入乡村秩序。浸润在乡野间，如果读透了那片土地，会觉得到处都是故事。因为太过熟人社会，任何一个微小的元素都可能被放大，文学的元素也因此蓬勃。

回望需要经历，经历难免沧桑。双人被既是道具也是象征，作家无力解决现实，却可以呈现。过去我一度认为乡村的改变缓慢，现在我不这样想了。从文本中可以看到，小题大做的道具已经成为日常。农户的土地被集约经营。屠宰不再是任性而为的事。生活不知不觉间在调试很多东西，这一代和上一代，也在嵌入式地进行着许多改变。有一次下乡，广播喇叭里喊，要好好待自家的年轻媳妇，否则微信都能被聊跑。一句玩笑话，让人笑得苦涩。婚姻解体是一个复杂的系统工程，现代交往方式难辞其咎。

更大的改变就来自年轻人的婚姻，已经有相关人士在表示担心。村里的光棍日渐增多，有房有车却娶不上媳妇。姑娘们更倾向于去城里生活，所以城市有房的青年成为首选。城市化进程总有各种不同声音，以我目之所及，到了确实需要解决问题的时候。

文学对时代的书写有许多新的元素。这也要求作家沉下心来面对。

喻：情感是小说的魂魄，特别是对现实题材的小说而言。这一点在你的作品中体现得最为充分。世界上不可能只有爱或者恨，只有温暖或者冷漠，个体的情感往往会受到多个层面的牵制，有正向的，也会有反向的，只写出了单向度的情感是不够的。在《一个人的风花雪月》中，齐志就是被多种情感裹挟，无法在短时间对是非曲直做出明确的判断，他的婚姻也是在这些情感的裹挟中成为牺牲品。

多向度的情感冲击，会让人物犹豫不决，无法取舍，陷入两难处境。在两难处境中，呈现复杂的、势均力敌的情感冲突，不仅对人物（齐志）是一种煎熬，对作家也是一种考验。它考验作家的虚构能力和叙事能力，以及作家的情感认知能力、阅历、视野和格局。优秀的小说作品，对各种情感敏锐的捕捉会成为叙述的推动力。《一个人的风花雪月》的核心问题，是齐志与雪燕的婚姻问题，叙述过程中，叠加进了齐志父母对雪燕与几个男人喝酒喝得不省人事的态度，再叠加岳父、岳母对齐志父亲打雪燕的激烈反应，以及对齐志的态度，又叠加村民对不断升级的矛盾冲突的评说。雪燕的四个姐姐及李树山、秀波的出现，成为终结齐志和雪燕婚姻的因素。叙述的多重视角和不同人物的立场，让问题最大可能地接近了真相，也让情感更加丰富和饱满了。作品讲着鸡毛蒜皮、充满烟火气息的乡村故事，将家庭之间的纠葛、人与人之间的恩怨呈现在读者面前，虽家长里短，却能打动人心。

尹：前几天看王安忆的访谈，有句话记忆深刻。她说不要觉得年轻的时候就多么好，年轻的时候是很焦虑的，因为你看不清方向。大致是这个意思。我很意外她会这样说。因为在很多人心目中，她出身名门，自带光环，如果不是她的表达过于真诚和凝重，人们会觉得她是在为赋新词。但焦虑与焦虑又不一样，每个人都有年轻的时候，不是每个人都有机会成为其他人年轻时的回忆。当即就想起了读《小鲍庄》时的情景，曾激动得彻夜难眠。

这就要说到年轻时的选择，很多时候就意味着代价。有些代价是年轻的专属配备。做对了不知算侥幸，还是算命运。这就给叙事留下了空间。也由此想起了认识的一个女孩，因为漂亮，从十几岁就想嫁得好，成为锦衣玉食的人。初嫁，儿子长到五六岁的时候离了。后来嫁的那个人据说有些钱，其实就是开个小赌场。几年以后我才听说，男人有老婆孩子，而且不离婚。生了个女儿，她就浑浑噩噩过了几十年，人与壮硕的乡村女人别无二致，大概连年轻时唯一的想法也没了。形形色色的人和事，总是能挑起探求的欲望，她何以至此，为什么这样，主观和客观各占多少，不光是文学应该关心的事。这部小说擦着地面行走，我告诫自己要写出乡村的质感及疼痛。小说中都是小的事件在推动节奏，如果熟悉乡村背景，你就知道任何小事都不是真的小。像雪燕喝醉酒这样的事，也许在娘家不算什么，在城市也不算什么，但在罕村的齐志家就是大事。这种微妙的差别是作家应该洞悉并了然于心的。

乡村小说越来越不好写，是因为越来越难以把握。以往的现实主义文学有一个大致的趋向，现在你会发现，那种趋向不适宜当下了。在乡村的街道上行走经常会觉得恍惚，人和景物都像道具，是因为隔膜在加深，乡村正在从你的生命中剥离。应该警惕岁月抽空你的情感囊，使你变成空心人。

喻：现实题材的小说，你把握住了两个要点，一个是中国情感，一个是中国伦理，这是讲好中国故事的两个重要抓手。你有相当一部分作品涉及乡村社会伦理和对伦理问题的辨析，这也是一个值得讨论的话题。

人处于复杂的社会关系中，伦理关系是社会关系的一个重要方面。日常的伦理冲突，绝不是非黑即白那么简单，它错综复杂，相互影响，甚至相互对立，进而发生激烈的冲突。

你的具有伦理倾向的小说，关注的都是现实生活最惯常、普通人无法绕开的问题。要说错综复杂的关系，《一个人的风花雪月》如此，《铁雀子》更值得一提。这是一篇被忽略的小说。作品中情感与伦理的对立关系被推向了极致。年轻时刘相娶大白，图的是大白娘家可观的陪嫁品，但刘相并没有信守当年对老岳父的承诺，打骂大白如家常便饭，即便他们的儿子到了谈婚论嫁的年龄。智障的大白思考问题简单、感性，丁七对她好，经常喊她"大宝贝"，她就死心塌地站到了曾经"调戏"过她的丁七一边，大白对丁七生死相依的情感叫人动容。小说的另外一条线索是依娜与健春的情感问题。从城里回罕村的依娜就是喜欢罕村大白的儿子健春，哪怕依娜母亲以断绝母女关系要挟。刘相与大白的合法夫妻关系是否应该得到尊重？逃离随意打骂她的刘相，到关心她的丁七那里去，从情感的角度考察，大白是否应该被同情和理解？这种极端对立的紧张关系，以丁七的死了结。依娜与大白有相同的情感命运，不同的是，依娜是健全的成年人，她有把握自己的情感和命运的自由。但从家庭伦理的角度考量，作为长辈的父母，初衷是为了依娜"好"。当然，父母被自私与功利的观念左右了。这里的情感与家庭伦理关系也是撕裂的。《铁雀子》具有明显的现实批判色彩，对处于弱势地位的大白和依娜的同情，也让作品显现了悲悯的底色。

你的众多乡村题材的小说，对乡村社会伦理、家庭伦理、人情伦理的关注非常多。在《李海叔叔》《喂鬼》《四月很美》等作品中，作为作家叙事"代理人"的"云丫"经常出现，"云丫"是叙事的视角，她毫不避讳自己的好恶，经常在小说文本中直接表明自己的态度，这些作品的叙事，也从伦理辨析走向了价值判断和价值指引。

尹：生活在这片土地，能讲的大概只有中国情感和中国伦理。现实反映到小说层面，多少会有些偏差。很大程度上取决于作者的一颗心放在什么位置。老实说，如丁七那样的人物，在现实中也不好接受。真的，我问过自己，当你面对生活中的某人，他看上去那么不入眼，你有兴趣探求他的内心世界吗？我们会想起卡西莫多那个敲钟人。但不是所有如丁七者都有卡西莫多那类的选项，能在关键时刻证明自己。文学的作用之一就是捕捉人性的温暖与光。"发现"是一个有意思的事，人对世界知之甚少，对同类其实也一样。

你一再表达对《铁雀子》的惋惜。它发表得早，没有引起读者的注意。我先发布一条消息，这个中篇收录到了最近的一本书里，多少可以消除些遗憾。我在一个访谈中曾经说过，小说就是寻找生活的空隙。关于伦理的话题，其实也再合适不过。对弱智的同情该是本能，这是最起码的文学属性。何况强与弱都是相对的。"小人物并不真的小"，这也是文学的意义之所在。

喻：我从学芸大姐的作品中感受到了爱、自尊、同情、悲悯、宽容等感情。我将这些理解为你内心里写作的真理。如果一个作家心中有爱、光亮和温暖，他的作品就会焕发出这样的气息。而极端、片面、偏狭、怨恨等心理和情愫极有可能遮蔽那些美好的事物，这考验一个作家对世界的认知和包容心态。

现实生活中，我们也不能遮蔽"个人真理"的存在空间，同一件事物，站在不同个体的角度，会得出完全不同的结论。当小说里的人物"振振有词"的时候，在他的伦理层面很有可能站得住脚，我们也可从中找到他行为处事的动因。你的叙事经常是在替人物辩护，给他们"发言"的机会，你在包容和理解那些只站在自己的立场上考虑问题的人，同时又在"心疼"那些倍感委屈的人。对于"个人真理"的尊重，可以让叙事全面打开，叙事的格局和作品的悲悯情怀往往可以通过此类途径呈现出来。这样的叙事是充分的，当然也是有难度的。

如《一个人的风花雪月》中，不同的人物，不同的视角，不同的感受，都被呈现出来，人物和事件纠葛在一起，真是"清官难断家务事"。这些幽微的感受让读者感慨万千：小说里的齐志不就是我吗？那个叫尹学芸的作家真是理解我们！哪有非黑即白的生活，哪有非此即彼的情感，该有多少人家的双人被被束之高阁，从未用上。梦想总是被我们的生活消解，就像齐志一样，有心无力，无力改变自己的生活，但我们又从未放弃梦想。能够让读者如此感叹的小说，必定会被记住。你的作品让读者也再次感受到，文学就是人学。

尹：让每个角色都有发言的权利，也是文学作品的特性之一。很小的时候我围观一个新娘，真是再寒酸不过的新娘，在一个很旧的小房间，穿着家常衣裳。是因为男方兄弟众多，而且多是残疾人，甚至就买不起一件新衣裳。我们放学一窝蜂跑到那户人家，清楚记得她脸上的泪痕与头上的红纸花相映成趣。如今他们已经老了，日子实在不经过。我偶尔能看见她父母的坟。就是因为他们的抵死反对，才让新娘如此悲伤。有时候我想，生命假如有轮回，他们不知是不是还会这样选择。那个叫命运的东西，会不会在某个角落窃笑。因为没走进小说，我从没想过她是怎样过的，似乎在倏忽之间，她这一生就过完了。

这样那样的人物，都活在心里。有的写出来了，有的可能永远都不会碰触。心中那样多的人物，自己又何尝不是其中之一呢。第一人称的作品不少，这样那样的角度，这样那样的叙事，这样那样的可能，若说拼出一个自我，怕是连千分之一也不能。人类是造物主的杰作，除了爱他们，也没别的。

钟求是：在残酷和温暖之间行走

喻向午（以下简称喻）：求是老师好！以短篇小说新作《父亲的长河》（《长江文艺》2021年第9期）与读者见面的契机，我们聊一下关于你的小说创作的话题。

你现在的工作岗位是《江南》杂志的主编，另外还有一个更显著的身份，那就是作家身份，你是浙江省作家协会副主席。编辑和作家的双重身份，意味着你需要经常在这两种工作状态间频繁切换。

你曾在一篇创作谈中提到，你不是写作快手，小说一般写得很慢。你曾经提醒自己，只有受过难的文字，才能显得可靠，才有脱俗复活的质地。话虽如此，每年盘点你的新作，长篇小说，短篇小说，数量还比较可观，而且新作问世，基本都会有很好的反响。创作小说，编辑期刊，都做到了引人注目，这对你来说，应该是一个很大的考验。

钟求是（以下简称钟）：时间过得快，默数一下，我已经在《江南》待了近十二年啦，先做副主编，后当主编。在这些年中，我看了许许多多的稿子，见证了不少作品的生长，也陪伴着一批作家的壮大。同时，我全程参与了六届郁达夫小说奖的具体组织工作，干了一堆杂活儿。认识我的人都知道，我是个做事认真、反对偷懒的人，所以在编辑岗位上我不敢敷衍，花费了大量心力。从人生精力调配上说，我担任主编职务不是好的规划，但人呀都是命运大势中的棋子，一步一步就走成了现在的样子。好在自开始写小说起，我一直朝九晚五地上着班，业余创作成了习惯。何况也有专职写作的朋友告诉我，时间太多就像钞票太多，很容易挥霍浪费掉的。

相比于编辑角色，我当然更在乎自己的作家身份。在漫长的日子里，我基本上白天是编辑，晚上则成了作家，这让我常常觉得夜晚更有意思一些。我还有一个感觉，就是内心深处潜伏着另一个"我"。这个"我"与编辑的我相遇，会热情地握手言谈，而与作家的我相遇，则会紧紧拥抱合为一体。

我的写作速度确实比较慢，一个晚上写不了太多的字。到了周末，一天若能写上一千多字，我在心里便会表扬自己。因为产出量少，就得讲究作品的品质，这仿佛生育的孩子少，就得让孩子在成长过程中变得更聪明一些。当然啦，又因为写作的年头已不算短，细细盘点一遍，我仍会发现自己这些年写了不少作品，主要是长篇小说和中短篇小说。把这些小说篇目往纸上一放，能形成规模可观的阵营。它们按岁数列成长队时，差不多能一段一段注释我的生命年月。

喻：2018 年，求是老师受邀参加《长江文艺》神农架笔会，期间，与会作家展开了一次主题为"现实的宽阔与作家的视野"的座谈。就当下小说的创作现状，求是老师现场提出了一个观点："向内转"，应该是当下小说创作的一个突破口。

中国自全面进入互联网时代之后，人们获取信息的渠道前所未有地畅通，文字、图片、视频，任何事情一旦发生，读者都有可能第一时间在网络上获取相关信息，快捷，多角度，多层次；网上一些自媒体的泛文学碎片，也会随之而来，作家的想象力空间因此受到不同程度的挤压。文学创作有自身规律，需要沉淀和思考。当类似题材的文学作品问世，从"陌生化"角度考量，读者如觉得"太阳底下无新事"，阅读兴趣会大打折扣。作家普遍通过客观的外部世界获取创作的灵感和素材——对于这种路径依赖，求是老师再提"向内转"恰逢其时，具有很强的现实意义。

同时，20 世纪 90 年代以来的消费主义文学至今仍有很大的市场，这类作品，突出"下半身"，渲染奢靡的时尚生活，迷恋物质，醉心商品，呈现出强烈的物质化特征，再提"向内转"，也是对消费主义文学的反拨和再平衡。

从求是老师的创作实践看，你的作品所呈现出的伦理精神和智慧之光，拓展了"向内转"的深度和宽度。

钟：小说的创作走到当下，虽然不时有个体作品爆出亮点，但总体是庸淡的。不仅评论家、编辑们不满意，写作者自己也觉得不畅快，于是近期文学界响起了"小说革命"的呼声。我们《江南》从年初起，连续推出了四期以"小说革命"为议题的百人讨论。大家在发声中有一个共同认定，就是现有的小说自足必须打破，要以更开放的姿态与这个时代的生活经验相接融。破的共识是有了，可怎么立，"革命"的具体指向和用力之处又在哪里，基本还在思考和酝酿之中。

作为《江南》主编，我自然是"小说革命"讨论的卖力推动者。不过在求变过程中，我坚信有一点始终不会变，这就是对人之内心的深度探掘。人的内心如此阔大深险，时而风雨交加，时而绚丽多彩，有无限表达的可能性。一个作家若使劲闯入人物的内心，抓住那既平常又奇妙之情点，就能抵达与阅读者的深层共鸣。古今中外，无论文学的文体和形态怎么变，做不到深层共鸣就称不上好作品。这个道理应该是浅显简单的，但在编阅稿子中我注意到，许多写作者常常忽略了这一点。他们让自己的目光游走于眼下斑斓多变的生活百态，试图抓住时代变化点。去抓时代变化点当然没有错，可眼睛搜捕的不能是时代的表层而应是时代的内里，这个内里便是处于时代变化中的人之心域。瞄准当下大变局中的人，才是小说求变之要点。

喻：2020 年，在《江南》杂志举办的郁达夫文学奖的评审会议上，王尧等学者提出了新"小说革命"的命题，求是老师也是参与者之一。后来《江南》《文学报》组织了许多作家、批评家回应，反响强烈，成为 2020 年至今文坛的一个重要话题。王尧撰文称，当下小说洞察历史、回应现实的能力在衰退，小说艺术发展滞缓，因此我们需要意识到我们的困境，需要激活小说发展的动能。可见文学界对当下小说创作现状是不满意的，希望能够有更开放的姿态锐意进取。纵观中国文学史，特别是自"五四"以来的现当代文学史，整个发展过程就是一个自我革新的过程。是否可以将你的创作视为"小说革命"的实践呢？

钟：我眼下的创作跟"小说革命"还靠不上边。在文学写作上，我有自己的内心坚持，这种坚持是"革命"的基础，不能轻易丢开。写了这些年，我也渴望自己守正求变，坚持一些东西，又变化一些东西。我期待着自己。

前面我已经讲过，"小说革命"具体如何行动，文学的边界在哪里，大家还在奋力思考着。在这个过程中，相信文学圈之内外，会有各种写作力量以自觉或不自觉的方式进行尝试和突破，也许忽然有一天，我们会读到不一样的让人猛吃一惊的小说文本。这个小说文本不是文体的求奇塑形，也不是观念的简单翻新，那到底是什么呢？我们只能一边参与一边等待，在时间中等待新的小说文本。

喻："向内转"作为一种文学思潮也是如此，延续至今，波折不断。自 1986 年鲁枢元首议"向内转"，这个话题在文学理论界几度交锋，争议迭出。记得在神农架的座谈会上，你提出"向内转"的话题，与会的计文君就做出了积极正面的呼应。

英国学者马克·柯里在他的著述《后现代叙事理论》中将叙事分为"宏大叙事"和"小叙事"。"作为与宏大叙事相对抗的叙事，小叙事具有具体的、零碎的特征。"这种小叙事，在中国当代文坛被表述为个人立场的文学叙事，陈思和说，这种文学叙事回归到了文学本体的起点，打破了此前的宏大叙事模式，是一种更贴近生活本身的个人叙事方式。但他也特别强调，"体现出强烈的个人化倾向，并不意味着文学就此已完全放弃了对时代与社会的承担。事实上，真正的个人化存在方式必然离不开对时代的关心与现实的思考"。关于小说向度的话题，我们在后面展开。

按照文学理论家的论述，有关日常生活和个体心灵空间的叙事就属于"小叙事"了，与当下文学界所定义的"个人化叙事""新写实"也有或多或少的关联。作为宏大叙事的"背面"，"小叙事"，或者"个人化叙事""新写实"不一定是"向内转"，在鲁枢元看来，"向内转"是"文学创作的审美视角由外部客观世界向着创作主体内心世界的位移"。

鲁枢元曾将"向内转"看作是新时期文学的整体动势，但"向内转"作为"小叙事"的一个分支，仍然处于当代文学的非主流状态。这与中国文学的现实主义传统有关，也与"向内转"的写作难度有关。

传统的现实主义文学，更强调表现客观世界，具象的描摹和对现实生活的重构，会有客观世界的参照物存在，而且叙事通常由事件或冲突推动，相对而言，更容易表现故事的传奇性，戏剧冲突也会更加明显和强烈。对读者来说，这是作品可读性的关键要素之一。因此，对作家来说，"向内转"是有挑战性的，也是有写作难度的，如果没有作家非凡的想象力、诗意的文本以及艺术化的语言做支撑，"向内转"的小说叙事无疑会显得沉闷和乏味，也无法引发读者的阅读兴趣。

你选择"向内转"，必定有自己深思熟虑的考量。不可否认，你已经是这种创作类型的代表性作家之一了。你的作品，总体上着力于呈现内心冲突与情感世界，以《街上的耳朵》《练夜》为例，作品立足于琐屑、平淡乃至平庸的日常生活，从宏大叙事的角度看，这是渺小和微不足道的。然而正是这种"小"构成了人生常态，背后勾连着的是辽阔深远的人性和情感，往往也可以引发读者强烈的情感共鸣。

钟：在我看来，宏大叙事和小叙事不应该是对抗的关系，两者之间不能设一条分明的界河。好的作家，能够做到大里有小，小里有大。去年我把肖洛霍夫的《静静的顿河》看完了，这部140万字的长篇当然是宏阔的，反映的是大背景中的战争风云和时代变迁，可它又能往小里走，把哥萨克人的村庄状态与生活细部一一呈现出来。自想一下，我大学读的是经济学专业，平时容易用政治经济的眼光去打量社会大势。同时我又干了十五年的对外联络工作，目光中老有一张世界地图，这种习惯一直延续至今。所以我认为自己的视野是开放的，能够对标大的时代精神。正是这样的自设，让我在长篇小说《等待呼吸》中定位莫斯科，并让两位中国留学生走入那个苏联重大历史事件的现场。同时在这部小说里，我又花了气力去写女主人公在北京和杭州的日常生活与内心走向。大和小，在这部小说里做到了紧密相处。

回到你提到的《街上的耳朵》和《练夜》，这两个短篇小说写的是小镇昆城里小人物的个体生活，可谓是小。可小人物也有自己的别样命运，把他们内心隐藏的情感找出来，便能显出大。这个"大"指的是远距离的情感呼应，浙江小镇的小人物和湖北小镇的小人物，乃至俄罗斯小镇的小人物，内心隐秘点在不少时候是同频的共通的。所以小镇虽小，但在作家笔下应归入大的写作版图。对我来说，昆城是地球上的昆城。

再强调一句，我认为的"向内转"或"目光向内"，并不反对大背景和大事件的表达。恰恰相反，我挺在意时代气象在作品中的形成，或者时代事件在作品中的折射。而且，大背景大事件在一篇小说中即使没有显性描写，在作家的脑子里也应该是预先存在的。事实上，我们在生活中遇到的每一个人，都是在这个快速多变的庞大世界里努力生存的小生命。

喻：如求是老师所言，你的"向内转"是你在小说创作过程中观察世界所选择的方式和角度。在一次访谈中，你就曾说，人的内心是个辽阔而诡幻的世界，存在着广大的未知领域，值得我们去行走。"向内转"，或者说这样的方式和角度，并不代表你对外部世界是漠视的，2020年出版的长篇小说《等待呼吸》，就显示了你对宏大历史和个人命运以及相互关系的独特理解。

就你的短篇小说而言，很多作品也是如此。《父亲的长河》中，主人公个体的命运，与大时代形成了互文关系。"父亲"从求学的少年，到船员，到入伍，到退伍成省厅干部，直至做到处长退休，父亲的命运起伏，印证了时代的发展。当失忆之后，再"回首"往事，他得到了什么，又失去或者怀念什么，那些最让他无法忘记的场景和美好时光，常如蒙太奇般时常突然闪现在他的脑海里。作品有宏阔的时代背景，又有个体丰富的内心世界。通过你的笔触，读者会发现，个体的"内宇宙"，跟时代和社会一样复杂和精彩，它其实就是时代和社会的镜像。你的这种"向内转"的方式，为当下小说界提供了面目不同的审美范式。

钟：先说说《父亲的长河》这篇小说的缘起吧。我的老家在浙江南部的小镇，在自己不少小说里被唤作昆城。为了接收和保持故乡的气息，我一般隔两三个月就回去待一两天，期间准会和一位老同学相聚。这位老同学跟我从小学至高中一路同班，玩成了一辈子的兄弟。每次回去，我都能混上他的家常饭。在饭桌上，他的母亲偶尔会出现。这是一位脸面和气的八十岁老人，说话似乎平常，但实际沾上了老年痴呆。她的记忆似乎破了一个口子，把一辈子许许多多的事情都漏掉了，眼下只记得五个子女中两个人的名字。稀奇的是，她见到我，一下子叫出我的名字，还问："大学毕业了吗？分配在哪里工作呀？"我的同学妻子有点嫉妒地说："老妈早已忘了我这个儿媳妇，却还记着你的名字。"我呵呵地笑，心想老人现在只记住几十年前的一些片段场景，而我正好在那些场景里吧。过了一年多，我再见到老人，她对着我微笑，却叫不出名字了。又过了一些日子，她连最亲近的儿子也记不得名字啦。数点一下，在她对所有亲友的遗忘排序中，我的名字竟列在最后三四位，而此前我跟她已经许多年未见面了。每念及此，我心里会有一种微妙的感动。我觉得应该写点儿什么。

在《父亲的长河》里，我写了一个患上阿尔茨海默病的父亲——他在人生的收尾年龄，渐渐失去累积的社会经验和生活判断，进入了属于自己的内心世界。他的记忆曾经那么多，现在只剩下了当年很少的生活片段。对他来说，这些片段是纯粹的，也是重要的，似乎里边藏着生命密码。至于是什么密码，小说中的儿子不知道，小说外的作者也不知道。作为写作者，我只能尽量贴近他理解他，并保持着对他那个隐秘的内心世界的尊敬。当然，在这个小说中，我还试图表达城市和小镇、老年和少年、父亲和儿子的关系，这三种关系分别对应着关于生活空间、生命时间、代际之间的思考展开。

喻：对于求是老师的小说文本，不同的评论家，会有不同的介入角度。就有学者将求是老师的"向内转"跟西方的意识流小说联系起来。

意识流小说注重描写人物的内心世界而不是客观世界，揭露隐藏在人们心灵深处无意识中的潜意识，具体说来，也就是以人物的意识活动为结构中心，围绕人物表面看似随机产生，且逻辑松散的意识中心，将人物的观察、回忆、联想的全部场景与人物的感觉、思想、情绪、愿望等交织叠合在一起加以展示，以"原样"准确地描摹人物的意识流动过程。意识流小说作家提倡写"人的心灵"，追求内在的真实性。

再以《父亲的长河》为例，作品确实在向着人的潜意识掘进，特别是"父亲"回到昆城的那些段落。对"父亲"而言，他的被无意识和潜意识支配的各种行为，是属于失忆前现实生活中被抑制、被遮蔽的部分。而作品的情节推进，也是由人物的无意识和潜意识驱动的，而不是由外部世界的事件驱动。如果从这个层面考量，作品有明显的意识流小说的痕迹。

"向内转"与意识流有重叠的部分，但不能说"向内转"等同于意识流，二者属于不同的两个话语体系。"向内转"作为一种起源于中国当代文坛、自成体系的文学思潮，强调文学创作对人的内在世界的建设，而不仅仅是对人的意识活动的表现，它比意识流小说的内涵要宽广得多。《父亲的长河》有意识流小说的痕迹，但《街上的耳朵》《练夜》《星子》《送话》等篇目就没有很明显的痕迹。

同时，"向内转"虽在理论内核上部分受到西方文艺思潮的影响，但它是以中国叙事、中国情感、中国审美作为支撑，意图重构中国文化背景下的"内宇宙"。事实证明，比起舶来的意识流小说，它更容易被中国读者所接受，也更富有生命力。

钟：很多年前，还是大二学生的我读到了伍尔夫的意识流小说《墙上的斑点》。一位妇人坐在椅子上看到墙上有一个斑点，猜测那可能是一枚钉子，或者一个洞孔，或者一点脏迹，由此流淌出各种联想。到了最后才知道，原来是一只蜗牛。这是我第一次看意识流小说，它给我留下了清晰印象。之后看欧美现代小说，意识流手法不时可见。在自己的小说创作中，我在需要之时也会使出这种技法，譬如人物茫然失神的时候，或者人物内心冲突激烈而只剩外在行动的时候。只要用得恰当，就会带来不错的效果。事实上，在生活中，我们每个人经常会有意识自行流动的时刻。既然经常，投移到小说中便是自然表达，不需要往先锋奇异上靠。

向午兄说《父亲的长河》有明显的意识流小说痕迹，我心里还是受用的。确实，小说中人物的记忆推动着故事的发展，能让人感觉到内在意识的力道。不过一般来说，意识流的表达是由内向外输送的，即人物的内心呈现是自主的，由"我"站在情绪的出发点。我这篇小说则是以儿子的视角打量父亲，探视他的内心。这样就有了观察的距离，带有"不明白"的效果。因为这"不明白"，使得父亲的内心有点神秘有点未知，显得丰富而不定。就是说，父亲的深处意识是覆盖着的，是一种潜流。

喻：求是老师选择了"向内转"，同时也选择了与小人物、边缘人物"为伍"。除了《父亲的长河》中的父亲，在你的作品中，刚刚入职的年轻女法警王琪（《送话》），壮志未酬、即将离世的韩先生（《星子》），被咬掉半只耳朵的式其（《街上的耳朵》），瞎子团顺（《练夜》），昆生与邻家少妇若梅（《两个人的电影》），以及颠沛流离、命运多舛的杜怡（《等待呼吸》）等，他们身份普通，有的甚至还处于社会伦理的灰色地带。而你却偏偏聚焦于这些小人物和边缘人物。这些普通人的生活在庸常琐碎之中暗流涌动，他们的生老病死却蕴藉着生命的"本真"。

你笔下的日常生活没有万众瞩目，没有鲜花掌声，更没有英雄凯歌，书写的是现实中普通人内心世界所遭遇的"伤痛"，这些伤痛对常人而言就是生活常态，也就是说，每一个生活在当下的人，现实中都可能遭遇这样的伤痛。而在读者看来，这样的叙事策略能够产生共情和共鸣。这也许就是你的小说即使没有离奇的故事，也依然受到读者喜欢的原因。

钟：我曾经给自己的小说送上两个关键词：边缘和受困。

边缘是指人物们的生活站位——他们都是普通的、日常的人，离生活舞台的中心有一些距离。因为不站在热闹和权力里，他们对待日子的态度就比较真实，看待外界的眼光也比较准确。同时，他们又是一群特别的人，各有性格，各有不同的生活阅历和命运轨迹。作为写作者，我和他们相处是平等的坦诚的，双方容易走得近。他们有什么心里话，会愿意跟我聊一聊。从某个意义上说，我把他们一一介绍给读者，是一种缘分，也是一种幸运。

受困是指人物们的内心困境。他们自然也有愉快，也有兴高采烈，但很多时候，他们常常因为各种原因而身负压力、心存伤痛。他们在生活里没法做到轻轻松松，到了我的笔下，当然也不能显着轻轻松松。扯远一点儿，前不久，我和一个作家哥们儿做韩国小说《素食主义者》的对话。我认为，这部韩国小说对人物内心困境的重度拷问，对俗世秩序的抵抗与逃离，几乎有一种相熟的感觉，因为在中国，也有一些作家在沉着地探究人性，试图从人的内心困局中突围。从这一点说，当下的中国文学和东亚文学甚至与西方文学，在当代性和关注点上是同步的。

喻：还有一个非常明显的关键词时常在你的作品中"闪耀"，那就是理想主义。这个是关于小说向度的话题。整个 20 世纪 80 年代，或者说求是老师的大学时期，是一个激情四射的时代。大学校园里朝气蓬勃，空气中飘荡着学子们激情四射、奋发图强的情绪，流行的也是诗歌、吉他和爱情故事。学子们畅谈的话题是人生、梦想和家国情怀，他们都心存光荣与梦想。你曾经在各种场合不止一次地谈论你的大学生活。这样的成长背景，奠定了你的价值取向。通过你的作品，我们也能感受到，理想主义情怀在你的内心深处一直没有褪色；物质化风潮席卷而来，但超越现实的精神气质依旧没有改变。这一直是你小说创作的主基调。

有论者这样评价你的小说，你在探求普通人日常生活中遭遇的困境和内心隐秘伤痛的同时，并没有像一些作家那样陷入一种描写人性被压抑的、病态的欲望。你笔下的人物虽然遭遇着日常生活的困境，也有挣扎，但并没有走向极端。你用悲悯的目光打量这个世界，所以，作品中的人物固然有情感伤痕，但同样不乏精神上对美好的向往。正因为如此，你对这些平庸的普通人在努力追寻诗意生活时闪烁的精神之光的书写，让小说的人物和日常生活变得更加充盈。《街上的耳朵》《谢雨的大学》《两个人的电影》等篇目，莫不如此。

弋舟曾说，"我始终认为一个作家的作品反映的是这个作家的世界观与价值观。在钟求是心里，他认可这样的价值——一个人哪怕活得惨一点，也要精神上美一点"。他的评价非常准确，这个描述能打动我们。

钟：确实，我挺怀念大学生活，因为那是自己思想的生长期，视野的开发期。那会儿的校园里到处都是主义、诗歌、爱情和争辩，一个年轻人待在其中，能吸收到各种所需的精神营养。不仅如此，整个社会也提着劲儿向世界开放，接通国外的思想文化和思潮流派。正是在那时，我读到了袁可嘉主编的《外国现代派作品选》，也是在那时，我对《资本论》中的每一句话进行咀嚼和求解。现在人们都说，20 世纪 80 年代是思想界或知识界的黄金时代。对我来说，当时的大学校园是自己一生精神跋涉的出发地。所以不管世界如何变化更新，如何滑向物质和娱乐，我们这一代人的内心或多或少保留着一些稳定的东西，这些东西其实是一种气息，当然也可以叫作理想主义情怀。

不用说，这种气息也进驻到我的许多作品中。譬如《等待呼吸》就讲述了从 20 世纪 80 年代出发的两个年轻人的生命故事，其中贯彻着对理想主义情怀的珍惜和致敬。《两个人的电影》中的两位男女活得平常忙碌，一年到头陷在辛苦里，但因为有一个沾着诗意的日子在前头等着，便觉得心里藏了几分温暖，生活是有意思的。现在，人们的嘴里已不屑于蹦出"理想""情怀""温暖"一类的词语了，但我固执地认为，理想主义必须修复和擦拭，使之发出新的光泽，因为不管怎样活着，每个人仍会希望自己的内心存放一块干净的脱俗的东西。

喻：正因为有这样的成长经历和思想背景，洪治纲就曾说，钟求是内心有非常强烈的乌托邦情怀，而且他能坚持自己。提起你的长篇小说《零年代》，他认为乌托邦情怀非常明显，甚至你的很多小说都一直贯穿着这样一个核心内容。现代人只关注当下，只关心物质。而人之所以焦虑，就是因为没有归宿，虽然有很多物质的东西，却没有幸福感。

《零年代》里的赵伏文从小县城出来到城市工作，当上了宗教局的小公务员，已经很不错了，但他抛弃了这些，来到已经废弃的林心村。赵伏文的爱人林心也决意回归林心村，林心村是他们爱情起始的地方，也成了他们两人一心向往的乌托邦。

而在《父亲的长河》中，昆城就成了父亲的乌托邦。一个阿尔茨海默症患者，他过滤了一生中平庸、烦琐、复杂和毫无意义的生活细节，只留下了少数他认为很重要的、让他记忆深刻的经历、事件和细节。年轻时期，作为船员的父亲在长河上乘风破浪，也许这才是他一生中最意气风发的时刻。在昆城的长河上，父亲终于回归到了自然本真的生命状态。

《两个人的电影》中，你将昆生和若梅的情感空间设置在电影院里，与现实完全隔绝。你用美好和理想来填补现实中的不足。为了达到这个效果，你对现实生活采取了提纯的方式，创造出一个"文学的现实"来。在昆生和若梅眼里，电影院就是他们的乌托邦。

谈到这些细节，小说就涉及了生命的问题，即生命跟理想、跟自然之间的契合。这个契合渗透了你对现实生活的很多思考。

罗兰·巴尔特认为，文学就是人类"语言的乌托邦"。文学也是人类面对各种现实的生存困境时，努力寻找自我超越的一种理想方式。

在一次访谈中，你也曾提到，城里的人想抽身出来，过上那种田园式的生活。但安静的田园在哪里呢？没有了，早被人类自己一步步消灭了。这是社会发展中的悖论现象。但作为一个作家，我愿意保留人们对安静和平淡的向往，我希望人们找到一个可以让心休息和散步的地方。这是我常常思考的一个问题，为什么随着现代社会的发展，科技进步迅捷，然而人们的精神压力却越来越大，仿佛被重重围困，生存空间越来越窄。我想，这也将是文学的一个重要议题。这段话充分印证了你的乌托邦情怀。

钟：你把《零年代》《父亲的长河》《两个人的电影》放在一起说，还真能扯出"乌托邦"这样的话题。不过这个话题聊起来会有些飘，适合评论家做分析。作为一个小说家，我更愿意把自己的想法放在作品里。

说一件事吧，一年多前，我搬进了一个不错的新小区。房子在八楼，站在阳台上望下去，能瞧见一片草坪；从后面书房望下去，游泳池的一方蓝水收入眼里。夏天的时候，我喜欢在夜里下去遛弯，绕着院子走一圈，然后坐到游泳池旁边的躺椅上。周围安静，目光穿过头顶的树枝，能看见没有星子的天空。每次行进到这儿，我便会记起小时候生活的老家宅院，那里也有院子，也有水井，也有夏日的天空。此时我心里渗出一丝愉快，仿佛数十年前的儿童感觉有点复活了。

但我马上又明白，游泳池不是水井，城市的天空不是小镇的天空，小区里的邻居更不是宅院里的邻居。就是现时的蚊子，也跟以前的蚊子不一样了。现时的蚊子比较狡猾，悄悄咬我几口，便把我的怀旧情绪咬没了。我只能站起身没趣地走开。

这几年因为岁数添增，我有点想放闲自己。我曾计划在远郊买一处湖畔房子用来睡睡懒觉，也图谋以后去国外某个小镇租一间屋子做深度旅行。反正怎么好玩就怎么计划，虽然兑现的概率不大，至少心里先捞到了高兴。我知道，在这些计划中，或深或浅都埋伏着乌托邦似的情怀。

不过我又知道，即使这些计划兑现了，也不可能真的过上所谓田园式的生活。心里向往的那种生活，或许只在我以后的小说里。

喻：与求是老师一样，可能每个人内心都会有自己的乌托邦。

不仅仅是理想主义、乌托邦情怀，关于小说的向度，你的作品呈现的，其实有多重面向，我还看到了你的终极关怀意识。

人类的命运与归宿、痛苦与解脱、幸福与完善，这些思考指向人的终极价值。如果没有终极价值对现实社会、对现代化起着平衡的张力作用，欲望和现代化本身将可能演变成人类的劫难，这已经被越来越多的思想家所认识。终极关怀就是要解决人生是什么、活着为了什么、怎样面对死亡、怎样活着这些终极哲学命题的。人面临精神危机，如何实现自我超越，这是哲学家思考的问题，也是一些作家在思考的问题。比如，终极关怀思想就贯穿于托尔斯泰的很多文学作品。他本人也经历了无数次的精神危机和自我超越，他的人格因此达到了很高的境界，所以他可以傲立于世界文学的高峰。这是一个令人向往的高度，但面对世俗社会的诱惑，有意攀爬的人其实并不多。

你的一些作品最终也走向了探索人的生存价值，走向了终极关怀。《星子》《送话》《瓦西里》以及《等待呼吸》等小说就显示了你的终极关怀意识。这些作品包含的坚韧精神和理想渴望让人肃然起敬，也让人陷入思考。在这个世俗社会，当下的文学，为了强调现实感，过多地表现形而下的世俗生活和现实欲望。思考人的终极价值、呈现终极关怀的作品不是多了，而是少了，太少了。

钟：一个作家应该拥有终极关怀意识，这一点很重要，但写作时又不能采用终极关怀立场，因为这样的站位会有一种高高在上、施以关照的感觉。在这个大问题上，我在作品中的思考与表达，更多的是如何对待生命和如何对待死亡。

关于对待生命，以《送话》为例。一个年轻女警察，用注射的方式对男犯人执行死刑，男犯人在临终前请求她给母亲送一句"对不起"的话。女警察去了小镇，打听到那位母亲在一座寺院里，便一路寻去。小说的最后，女警察对着放生的鸟儿在心里说：我来这里是为了捎一句话，不是捎别人而是捎自己的话。是的，此时的她很想对犯人母亲说一句自己的"对不起"。这个小说写于 2013 年，创作过程中，我真切感到了难言的心悲。女警察对犯人施以死刑是职务行为，这当然没有错，但她毕竟结束了一条生命——这时她不能无动于衷，必须对自己的内心有一个交代。这就是一种对待生命的态度。

如何对待死亡，借《星子》说几句吧。一个中年男人患上绝症，不愿意在医院插满管子死去，就跑到一个山间村子度过生命的收尾日子。他让心平静下来，翻翻书散散步，看看溪水里的石头，还买下一口棺材，躺在棺材里品尝死亡的滋味。后来男人请村民们帮忙，提前办了一个葬礼，他站在送行队伍中送自己一程。在生活中，人们对待死亡的态度各种各样，没法说哪种好哪样差，只要是由心生发便是正常的。但有一点不能放弃，那就是对死亡的尊重。在这篇小说里，我指向身体的无救和精神的自救，表达生死过渡时的心灵安静。这样的小说切入口，我认为是值得看重的。

喻：这是你温暖的一面。你的作品有明显的理想主义倾向，但并没有回避现实生活中的矛盾和冲突。像《等待呼吸》《未完成的夏天》等篇目，个体与社会的激烈冲突，以及对人性深度的挖掘，让人看到了你冷峻的一面。你的笔像锋利的刀，不动声色地将现实生活划出了血痕，同时又没有单向度地呈现个体的苦难或者人性的恶，因此小说也不会陷入灰色的文学现实之中，读者能看到审视和反思，更能看到希望。

如何建构文学的现实生活？李建军曾有这样一段论述：文学意味着创造和选择，意味着赋予物象世界以价值和意义。仅仅满足于堆积物象的描写，不仅会造成对思想的遮蔽，而且必然导致审美趣味的贫乏和理想性的缺失。一个有追求的作家，必须摆脱对"物"的迷恋，必须向内去发掘人性的光辉和理想主义的资源。一部作品最深刻的力量，取决于它的伦理精神——取决于它的热情和理想，取决于它对真理和正义的态度。

但对当下的文学现状，很多评论家都有自己的看法。洪治纲认为，21 世纪以来，文学创作出现由现实主义向世俗主义滑行的集体倾向。它总是体现出作家对现实表象和世俗欲望的认同甚至推崇，对大众审美趣味的迎合，对世俗利益的津津乐道，既看不到作家独立自由的思想建构，也看不到人类理想的耀眼之光。

曹文轩甚至直言，"中国当下文学在善与恶、美与丑、爱与恨之间严重失衡，只剩下了恶、丑与恨。诅咒人性、夸大人性之恶，世界别无其他，唯有怨毒"。"这就是我们对当下文学普遍感到格调不高的原因之所在。"

无论西方还是东方，作为个体存在的人，都有一种超越现实、超越苦难的"彼岸性"意愿。面对这种"超越"的情感和理想，确实有一些写作者失去了表现的激情和能力。而这又关乎创作主体的精神境界。

缺乏对现实生活之上的超越性思考，作品就会缺乏思辨性和精神支撑，就会处于价值迷失状态。强调文学对理想主义的重新关注，这并不是一件多余的事情。从这个层面来说，我们更清晰地看到了求是老师作品的价值之所在。

钟：人总是喜欢听好话的，谢谢你对我作品的肯定。同时你对当下的文学现状给予了点评，许多观点我都同意。为了不让读者眼睛受累，我就不说相似的话了。

二十年前，一位著名文学编辑对我的小说有过一句评价："不动声色写残酷"。确实，我的作品对日常苦难有不少冷酷而重力的描写，就像你说的"将现实生活划出了血痕"。二十年后的现在，不少阅读者从我作品中见到了救赎的努力和人心的亮光，闻到了理想主义的气息。其实，残酷和温暖在我作品中是经常共存的。这么多年来，我的写作初心从来没有变，那就是用人性的眼光解读世界，用人性的本心表达世界。而这个世界的基本面貌也没有变，总是同时存在着丑陋与高尚、阴影与光芒、受难与希望。

关于眼下的文坛现状，我还想说一句话：我们的文学写作，需要一些诚实需要一些勇敢。现在不少作家不愿也不敢去触碰现实中的难点和困局。面对这样的时代，如果我们缺了诚实，少了勇敢，是写不出真正好作品的。这也是我对自己的郑重提醒。

喻：从 1993 年发表《匈牙利诗人之死》至今，求是老师的创作生涯已接近三十年了。由你的短篇新作《父亲的长河》谈起的这些话题，涉及了以上几个层面，这也仅仅是有限的几个层面，你近三十年的创作生涯，作品的丰富性远远超出了这些层面。

从《父亲的长河》来看，你的昆城故事又多了一个人物：失忆的父亲。昆城是你的故乡，也是你写作的出发地和根据地。下一个"昆城故事"，一定同样会受到读者的欢迎。

钟：作家嘛，总是陪着作品中的人物行走。人物在城市，作家也跟在城市，人物在小镇，作家便去了小镇。这些年里，我写了中国城市，写了国外城市，更在小说中光临小镇昆城多次。昆城是我的文学出发地，也是我的文学建成区。我的小说人物们如今生活在那里，虽然性格各异却相处得很好，有时我会惦念他们，催促自己经常回去看看。我希望下次在那儿逗留的时候，一个新的有趣人物会走过来与我见面交谈。

　　最后要感谢《父亲的长河》中的父亲，是他促成了这次对话。他此时还坐着小船漂在河上，我很愿意站在岸边向他致敬。

原发《长江文艺》2021 年第 9 期

胡性能：所有的"现实"都隐藏在历史深处

喻向午（以下简称"喻"）：性能兄好！提起你的写作，一些评论家评价说，胡性能不算是个"高产"的作家，在这个崇尚快的时代，他写得很慢，三十年来的创作实践，只写下了为数并不算太多的中短篇小说。这倒不是因为他才力不逮，事实上，胡性能是当下文坛不可忽略的小说家之一，他的小说虽不能说篇篇精品，但极少粗制滥造之作。这样的评价应该说是比较中肯的。

你写得慢，我的理解是因为你对小说艺术严肃、认真的态度，你力求文本的完美，发表后尽可能不留遗憾。你最新面世的中篇小说《马陵道》（《长江文艺》2021年第11期）就是一个很好的例证。据我了解，《马陵道》2018年上半年就已经完稿，并交给《大家》主编周明全。随后，经过再三考虑，你与周明全商量，用《鸽子的忧伤》换回了《马陵道》，因为小说没有让你完全满意，还可以继续提升，作品由此压了三年多，经过多次修改现在才得以与读者见面。你对写作的态度可见一斑。

不论是以字数衡量，还是以作品的篇目计，你的写作在数量上都算不上非常可观，但评价一个作家是否优秀，并不取决于他创作的字数和篇目的数量，而是由作品的整体质量决定。当下的文学语境，在评论家和普通读者看来，沉得住气，不被市场所左右，对文学依然抱有敬畏之心的作家更令人敬佩。

胡性能（以下简称"胡"）：如果从小说的创作数量来说，我的确是个歉收者。发表作品三十年了，总共才写了不到四十个中短篇小说，每年平均还不到两个，的确写得太少。我也想写多点，但写不了。小说不仅是个技术活，还是个情感的活计、思想的活计和创新的活计，有的题材在心中酝酿了二十多年，至今没有写出来，主要是内心的那个触点没有找到。找不到那个触点，我写作小说时就会缺乏内驱力，这也是我没法高产的原因。就像几年前，我去重庆奉节采风，发现一位殡葬师的故事可以写成小说。他之所以成为殡葬师，是因为他跟着朋友去修乡村公路时，出了事故死了人。当天朋友回县城筹措赔偿的钱，而他被扣为人质，晚上与死者捆在一起，扔在路边，度过了此生最为黑暗而漫长的一个夜晚。此后他就再也没有去过事发地了，有关事发地的业务，他都想办法回避。很难设想，如果换了我，那个寒冷而又恐惧的夜晚我能不能扛得下来？会不会疯掉？这个故事在我心里一直养着，直到有一天，我在大街上走着，突然意识到，人生的一些仇恨，是为了以后用来谅解的。这个发现或者说念头，让我找到了小说的触点。

但不是每个故事都能迅速找到写作它的理由。我还是觉得，再好的故事，后面都得有作者的精神向度，得有作者对生活最为独特的认知、理解和发现，这样小说写出来才会比较有意思。至于说《马陵道》，三年多以前本已给了《大家》，但稿子交了，内心却总觉得不踏实，因此跟明全商量撤了下来。本已抬上花轿的"新娘"不嫁了，重新放回家里养着，就成了一件事情。我惦念着，记挂着，期待她能够在我的照料下变得更加可人。这几年，我一直期盼着《马陵道》这个故事能够分泌出让我眼前一亮的东西，让我对即将再嫁的"新娘"更有信心。现在她嫁到了《长江文艺》，我希望她出嫁以后，能够成为一个上得厅堂下得厨房的好媳妇。

喻：是的，2018 年我看了《马陵道》，心里也一直惦记着。读这部中篇小说，印象非常深刻的，就是作品的前半部分明显的魔幻现实主义色彩。比如马冰清九岁的时候，剪影戏《马陵道》的拷贝即将被出卖，与外曾祖母赫如玉睡在一张床上，她所经历的那个诡异的夜晚；比如，第二天日本人大垣峻实携重金试图获得拷贝，当紫檀木箱的箱盖完全打开后，那些透明胶片以及上面的剪纸纷纷碎裂，瞬间争先恐后蹿出木箱，像一条巨蟒试图飞上高天，在屋子上空瓦解并化为碎屑；再比如，年少时丁汝成父亲即将离世，他从家中逃亡，路过马陵山古战场的经历。作品中的这些段落，既有离奇幻想的意境，又有现实主义的情节和场面，幻觉和现实相混，这些虚构的不可思议的"神奇现实"，与社会生活中的真实场景存在巨大差异，让人有一种神秘的、陌生化的阅读感受。

在当代文学的语境中，魔幻现实主义算是一个新鲜玩意儿，作为一种流派被纳入到了后现代主义文学的范畴。在写作手法上糅合了象征主义、表现主义、超现实主义、意识流小说等现代派文学的表现技巧，以现实为基石，以幻想推动叙事，形成独树一帜的魔幻色彩。在以上列举的几个片段中，这些特征都可以充分地体现出来。

胡：我生活的云南是一片神灵游荡的高原。也许对于其他地方觉得是"魔幻"的东西，在云南就稀松平常。作家阿城年轻时曾在云南插队，多年以后，他在《艺术与催眠》一文中，记录了这样一个故事：当年他在云南做知青的时候，乡下缺医少药，有个上海来的知青天天牙痛，听说山上的寨子·有个巫医会治牙痛，一伙人一早出发，走了几个钟头，中午的时候到了那个寨子。那个巫医治牙痛的方法很特别，他让人取牛屎来，糊上，在太阳下暴晒，说把牙里的虫拔出来就好了。上海知青很犹豫，但牙实在痛得要命，只得任巫医在他脸上糊满牛屎，坐在太阳下暴晒。等牛屎干了，巫医把上海知青脸上的牛屎揭下来，奇迹出现了，上海知青的牙不疼了。这种事情写出来，是不是会觉得挺"魔幻"的？其实在云南，巫医用牛屎治牙痛还真找得到科学依据：牛吃百草，其中一些草比如青蒿就有消炎的功效，糊在知青脸上的牛屎，相当于加工过的中药，在太阳下暴晒，有利于药效渗透，炎消了，牙自然就不疼了。

我也曾在云南的双柏县看到过神奇的一幕：在"虎文化节"上，一个毕摩，也就是彝族的祭师，将犁铧在柴火上烧红，然后伸出舌头，从烧红的犁铧上舔过。我至今还记得，当他的舌头舔过，暗红色的犁铧上留下一道浅黑色的影子，随即又因温度的恢复变得暗红。我至今也没想通，那个彝族祭师，是用什么办法来防止自己的舌头被烫伤的。

也许正是在云南的生活经历，才让阿城认为艺术起源于巫。云南出土过许多极具想象力的青铜器，阿城甚至认为青铜器上夸张变形的图案，是巫师们服用了致幻蘑菇后看到的景象。每年的雨季到来，意味着云南食用菌子的季节开始了。云南人的菌子食谱里，有一种菌叫牛肝菌，这是一个大类，其中又分红牛肝菌、黄牛肝菌和黑牛肝菌。这三种牛肝菌，数红牛肝菌最香，但也毒性最大，如果炒不熟，炒不透，吃了很可能会中毒，中毒者眼前会出现许多异象，神秘莫测。

更何况，我一直觉得文学，哪怕是现实主义文学，都不能只是简单地对现实进行呈现和模仿，甚至也不能止步于对现实中某些现象的归纳，而是要写出复杂现实在个体内心的神奇投影。那样的投影，是社会现实通过作家的咀嚼、反刍、消化，最终在心灵上留下的东西。

喻："魔幻"是人类文化共有的基因。从泰勒的《原始文化》和弗雷泽的《金枝》等人类学家的著作所介绍的资料来看，巫觋和巫术习俗遍布世界各民族，包括欧洲在内。

在诞生过《山海经》《搜神记》《西游记》《封神演义》以及《聊斋志异》等作品的国度，文学的魔幻基因其实是一直存续着的，而且还有丰厚的土壤。中国古代的巫觋之风盛行不衰，人们对认知极为有限的客观世界以崇拜和敬畏为主，在这种背景下产生的诡异神奇的文化，既生发出了现实主义精神，也充满了浪漫主义的想象。反映在文学上，作品必然自带神秘性和浪漫色彩。

性能兄强调云南特有的地域文化所具有的神秘性，而且还曾到马陵山所在地区探访，对当地传统文化和民间传奇，以及古战场超自然现象的传说做了大量的记录。你从地域民间文化中汲取养分，开掘出了新的文化资源，并将它转化成了创作资源。你的"魔幻"书写，在"万物有灵"观念的指引下，以原始意象的重构呈现了人物原初的心理和生活状态，进而揭示出中国人内心深处古老、隐秘的文化心理体验。从民间文化资源的纵深处出发，你的创作实践也接续了中国文学神秘叙事的传统。

对于当下的文学创作，有一个问题需要重视，否则"魔幻"将是一个难题。进入互联网时代后，科学深入人心，大众受教育水平明显提高，对世界的认知突飞猛进。在社会现实生活中，魔幻现实主义的语境被压缩到了一个很小的空间，继续"魔幻"，已经很有难度了。不过，在任何时代，事物的神秘性都是客观存在的，因此，用丰富的想象和艺术夸张的手法，对现实生活进行"特殊表现"，把神奇、怪诞的人物和情节，以及各种超自然现象融入反映现实的叙事和描写中，把现实变成一种"神奇现实"都是可能的。难度在于如何做到幻象与现实的水乳交融，这需要作家不断地探索和尝试。

中国人的传统文化和传统观念是"魔幻"的源泉，这依然是解决如何"魔幻"的突破口。当然，基于科技发展衍生出来的"科幻"，则是另外一个话题。凌虚蹈空，胡编乱造，没有语境，没有任何民族文化和社会观念、社会心理支撑的"魔幻"，肯定无法得到读者的认可。

回到性能兄创作的话题，不仅仅是《马陵道》，像《恐低症》《乌鸦》等篇目，都具有魔幻现实主义倾向。这是非常有价值的创作实践，为当下魔幻现实主义文学的创作提供了新的案例和新的尝试。

胡：在中国大地上，云南高原是个特殊的存在。这个高原的特点是山脉众多，江河纵横。山系主要有滇西的横断山系，包括高黎贡山、碧落雪山、云岭、怒山山脉，滇中的哀牢山、无量山，滇东北的乌蒙山。除了山多，云南的河流也众多，大大小小的河流多达六百多条，这些山脉与河流，将云南高原切割成一个个独立的物理空间，在遥远的古代，交通不便，信息难以沟通，生活在不同空间的人们往来不易，因此容易形成许多风格不同的文化群落。我到过北方的平原地区，那里的人们聚村而居，每个人一出生，就降落在一个社会里，所以他们从小就要学会与人打交道，与社会打交道。北方平原地区出生的作家，其文学创作大多表现人与人、人与社会的关系问题，这样的作家长于宏大叙事，是传统现实主义的写作高手，他们的写作通常是向外掘进。但南方尤其是云南这种地方，你会发现大山里有许多人家是单门独户的，他们一出生就掉进自然的怀抱，没有大社会可依托，碰到困难无法从社会获得援助，他们便会乞求上苍。所以云南作家的写作，常常会叩问人与神灵的关系问题。神灵在哪儿呢？神灵在心中，所以他们终身要解决与自己内心的冲突，表现在文学上，便是向内，写人内心复杂的体验。

生活在云南南部的佤族，认为万物有灵，每逢重大事件，举行重大活动，或者遇到重大灾害，都要举行盛大的祭祀活动，由德高望重的巴猜（也就是祭师）带领部落里的人，以最圣洁和虔诚的心，通过神圣的祭拜仪式，向神灵敬献祭品，祈求神灵赐给大家幸福安康，人畜兴旺。新社会以来，佤族逐渐改为用牛头祭祀。所以，现在你要去了佤族村寨，就会在村子里祭祀的地方，看见树上、木桩上挂着许多牛头，这些牛头就是佤族试图与神灵沟通的祭品。到了这样的地方，外地人就会觉得相当"魔幻"。

"魔幻"作为一种表达手段并非舶来品。中国的古典小说，无论是唐传奇，还是宋话本，乃至以《聊斋志异》为代表的笔记小说，都有着大量的"魔幻"内容。如果冥想、幻觉、错觉、预感等还是人类思维的权利，那么"魔幻"就会是小说表达的选择。关键是这些"魔幻"的表达得有坚实的生活细节作为支撑。一桩极为荒诞的事，如果有了有说服力的细节支撑，就会成为生活的可能。卡尔维诺写过一部小说《分成两半的子爵》，一个人被炮弹炸成两半，但因为外科医生实在高明，对两半身体进行了完美的缝合，因此这世界出现了两个半边人。那篇小说的细节写得实在是出色，作为读者，愿意相信有这样的两个半边人存在。所以，我以为对于小说写作来说，"魔幻"为我们拓展了自由表达的空间，而"现实"又让我们不至于过于凌虚蹈空。这有点像风筝，可以在高空自由地飞翔，但它之所以能够飞翔，很大程度竟然是因为束缚它的那根线，那根与现实大地联系紧密的线。没有了这根线，飞翔的风筝就会坠落。因此，"魔幻"的表达，更需要作家有强大的写实功夫来匹配。

喻：再回到小说文本。《马陵道》可以看成是剪影戏昙花一现的发展简史，也可以看成是主人公丁汝成的个人传奇。如果从个人史的角度看《马陵道》，就会发现《消失的祖父》，甚至《小虎快跑》等作品都有类似的叙事倾向。这可以作为研究你的作品的一个角度。

有学者将史传视为中国小说重要的源头之一。《左传》《史记》等史传典籍，以及流传于民间的各种逸史、稗史，不仅为中国小说积聚了丰富的叙事经验，同时也为中国小说提供了与史传传统相互缠绕的文体与修辞。

对传记体的戏仿、挪用和拟用，揭开了中国现代小说的序幕。"五四"以后，传记文学与现代小说的文体"互渗"现象非常普遍。自传如谢冰莹的《女兵自传》、沈从文的《从文自传》、胡适的《四十自述》等，都可以见到作品的小说笔法，集大成者，是在二十世纪四五十年代成书的《苏东坡传》与《武则天传》，林语堂就是采用小说化的叙述形式创作传记。带有传记体色彩的小说作品，则更是蔚为大观。《阿 Q 正传》以一种陌生化的形式将传记体真正嵌入到中国现代小说的修辞。《阿 Q 正传》发表前后，苏曼殊的《断鸿零雁记》、庐隐的《海滨故人》、郁达夫的《沉沦》、废名的《莫须有先生传》等传记体小说陆续问世。在当代文坛，余华的《活着》《许三观卖血记》，以及林白的《一个人的战争》，陈染的《私人生活》也都有传记体的色彩。这些作品，都凭借将传记体作为形式基础的方法，实现了对主人公内心生活的接近。

在《马陵道》中，作品也移植了传记体的仿真叙事。可以将这一修辞手段称为对传记体的"拟用"。由于这种拟用，使存在于小说中的仿真叙事或多或少与抗日战争的历史背景、孙膑与庞涓的历史传奇，运河沿岸的历史故事，以及马陵山、窑湾古镇的人文地理环境构成了互文、互证、互释关系。

其次，《马陵道》的叙事采用的是有限视角。"我"作为一种限制性的叙事视角，体现着"逼真"效果的叙事要求。"我"有重要的叙事学意义，可以达成作者、人物、读者的契合，掩饰作品的虚构性，也使作品带有传记体色彩的仿真叙事得到了真实性与可靠性的确证。性能兄的这些叙事策略，强化了小说艺术的真实性效果。

胡：小说写作最根本还是要回到人身上。但是，当作家的追光灯打在人物身上时，我们究竟要照见人物的什么东西？是他在社会中的处境？他在生活中面对的艰难、挫折、不幸、挣扎，还是用文字呈现他内心痛楚、不安、恐惧、不忍、悲悯、犹疑等人类在特定情景下的共性情感？如果我们把人类历史比喻成一条大河的话，那么每个人的成长史或者生存史，就是这条长河中的一滴滴水珠。我们常说一叶知秋，一滴水可以折射整个世界，个人的生命轨迹，以及内心种种复杂的体验，同样也是整个人类历史的浓缩。

至于我在《马陵道》这篇小说中用第一人称限制叙事，那是因为我在小说写作中喜欢尝试各种叙事可能。第一人称写作，如果写的是自己的故事，容易。但如果用第一人称写他者的故事，难度陡然上升。正是因为这种难度，小说才会有更大的腾挪空间和更多的阐释可能。同样一个故事，不同的叙事策略，会导致截然不同的文本。同样的一道食材，采用鲁菜、川菜、苏菜、湘菜的手段来烹调，味道可能大相径庭。

喻：《马陵道》还有一个叙事策略值得关注。推动小说叙事的动力，我可以用一个词语概括：发现。丁汝成的个人秘史，窑湾《马陵道》剪影戏短暂的"身世"，都已被历史遮蔽。"我"成为一个"打捞者"，通过"发现"，重构历史中的人物和事件。此处的"发现"，就是对历史、时间和空间的重构。此时的作家，就是书写时间的人，也是改变和创造时间的人，可以让时间失而复得。

本雅明认为，时间是一个结构性的概念，它不完全是线性的，而可能是空间的并置关系，当作家意识到时间的某种空间性，并试图书写时间中那些被遮蔽的、不为我们所知的部分时，他其实是改变了时间——他把现在这种时间和另外一种时间形态，和我们经常说的永恒事物联系在了一起，和真正的历史联系在了一起。在《马陵道》中，时间与空间就是并置关系，小说通过追忆、想象，把时间、事件打乱重组，自由剪辑、拼贴，最终实现叙事的完整。所以，小说的线索是"发现"，而不是线性的时间。并置的时间和空间紧随"我"调查走访的足迹得以再现。

这种回溯式的小说结构，除了可以让读者感受到作家开阔的视野和思考的深度，还可以感受到作品的历史纵深感。除了《马陵道》，在《消失的祖父》中，以及《记忆的村庄》和《尘封与岁月》中都得到了明显的运用。是否可以说，相比你同时代的作家，性能兄对重构历史有更多一些的兴趣？

胡：历史只是一部虚构的大书，它的唯一性和不可复制性，注定了我们无法再次抵达。帕斯捷尔纳克笔下的日瓦格医生就曾感叹："历史无法眼见，有如草叶生长的过程中，无人能目睹其成长。"所以历史常常只提供宏观的构架，比如秦、汉、三国、两晋、南北朝一直下来到今天，朝代的更迭大体是这样，而导致朝代更迭的原因，却公说公有理，所以历史不负责微观的真实。作为小说家，他关注的也许应该是大历史中的小人物的命运、体验、感受等东西，更何况历史的重述不是史实的重述，而是个体生命体验的重温，是在独特的历史境遇下，个人所经历的悲欢离合以及生命的种种可能。

当然，作为小说的叙事策略，时间的转换和空间的转换是一个常用的技术。一个写小说的人，不应该只会线性叙事，而是应该具备将故事打乱之后重组的能力。一个优秀的厨师，能够做成几十上百种口味完全不同的菜，靠的就是重组的能力。至于你说的我是不是相比同时代的作家，对重构历史有更多兴趣，我要说的是我感兴趣的不是重构历史，而是重构故事。在我看来，现代小说的完成，不能够排斥读者的参与。我甚至以为，一篇优秀的小说，是在读者的参与下才能得以最终完成。所谓的追忆、想象，还有场景的快速转换，说到底，就是要让读者参与到小说的创造中来。我以为，哪怕因此增加了一些阅读难度，也是值得的。对于此，那些优秀的电影，做了最好的表率。

喻：性能兄曾说，我更愿意把"虚"看成是文本的自由，以及在这种自由下，作家可能的形而上思考。而"实"则是想象的具体。作家只要不把自己当成严格的考据学家和历史学家，那么他的作品再怎样尊重大历史，写出来的依然是"文学"。文学需要具体的细节、气氛、感受和体验来支撑，只有把它写得可以信赖，我们在大历史真实前提下的虚拟文本，才站得住脚，才真实可信。这个观念贯彻到了你的历史题材的小说创作之中，也暗合了二十世纪八九十年代以来兴起的新历史主义文学观。

在新历史主义的语境中，历史不负责关注微观的真实，而作为小说家，他应该关注宏大历史中的小人物，小说文本是个体生命体验的重温。《白鹿原》《红高粱》《活着》等一批耳熟能详的作品，就是这种文学思潮结出的硕果。

如果将《马陵道》放在新历史主义的视野里解读，很多话题就会非常清晰。小说既承认历史具有"本性体"，日本侵华的历史大背景是确凿无疑的，又强调历史的"文本性"，如我们前面谈到的作品的传记体特征。新历史主义强调历史的文本性，决定了文学层面的历史总是处于修辞之中，即文本的审美性和想象性。它打破了以往历史叙事的时间顺序、整体化结构、因果关系，作品的历史叙说也是残缺不全的，是借历史框架甚至是历史虚拟，来表现生存意志和情感需求的历史内涵，升华根植于现实地基上的历史幻想。这在《马陵道》中都表现得非常充分。

胡：历史不负责微观的真实，但"微观的真实"却是小说基本的道德。任何故事，它的展开一定是在特定的历史框架内，也就是说它需要符合"宏观的真实"，否则我们就会对小说构筑的世界产生怀疑。作为小说背景的历史，我的观点是只要有条件，就必须竭尽所能地做到真实。记得《消失的祖父》中有涉及中国远征军出缅抗日的内容，我不仅查阅当时第五军的行军路线，还掌握他们沿滇缅线西行时每天晚上驻扎在什么地方，在哪儿过的春节。只有这样，想象的大鸟才能够飞回过往的历史中，而虚构的小说，因为有了真实的历史作为支撑，就好像真实发生过，并成为历史的一个部分。具体在《马陵道》里，比如大垣一雄，作为日本开拓团成员的后代，我会了解日本开拓团是怎么回事，第一批什么时候到的中国，在哪儿落脚。作为背景的历史真实了，故事虚构起来就可能会理直气壮。

当然，再怎么追求历史的真实，它也只是为小说服务，是我们重构小说世界的一种手段。至于打破历史叙事的时间顺序，我要说的是，小说的顺序可不是历史的顺序。小说的顺序听从审美的安排，尽管每个故事都有一个时间中轴，但小说中的时间链条是可以打乱的，甚至可以这样说，小说中的时间链条必须打乱，再根据叙事的需要进行重组，线性的故事才可能跌宕起伏，悬念丛生。

喻：虽然《马陵道》是一个充满想象的小说文本，我们将它纳入了新历史主义的视野中解读，但作品又处处闪耀着性能兄的实证精神，通过主体性的考证和书写，你重构了《马陵道》里的第二现实，实现了文本世界对现实世界的超越。当我读到"朱老板"（日本人伊藤正夫）为了摸清运河一带的社会经济现状，

"了解了窑湾镇以及周边张楼、王楼和运河对岸胡圩、黄墩的各种物产。举个例子，镇上最有名的赵信酱园店，他对它在南京和镇江两个分号的收支，甚至比店主还清楚"，文本与现实生活的互文关系让我暗吃一惊，而且，这样的细节随处可见。我得知你曾专程踏访马陵山和窑湾地区，还做了大量的笔记，你的较真让人佩服。

"逼真"是现实主义文学尽力追求的一种修辞效果。新写实则强调要还原生活，写出生活的本来面目。但日常经验、现实主义真实性尺度对 20 世纪 80 年代中期兴起的先锋文学来说曾经是无效的。在有的作家看来，文学与其说是现实生活体验的结果，不如说是想象的产物，这种观念曾招致不少批评。我们也看到，对待现实世界的态度，在一些先锋作家后来的创作中，也得到了一定程度的矫正。当代文学走到今天，作家应该如何面对现实生活？这依然是一个很重要的话题。谢有顺曾撰文说，小说写作，它固然是想象和虚构的艺术，离开虚构和想象，写作就无从谈起。但忽略物质的考证和书写，文学写作的及物性和真实感就无从建立，在写作中无法建构起坚不可摧的物质外壳，那作家所写的灵魂，无论再高大，读者也不会相信。很多作家蔑视物质层面的实证工作，也无心于世俗生活中的器物和心事，写作只是往一个理念上奔，结果，小说就会充满逻辑、情理和常识方面的破绽，无法说服读者相信他所写的，更谈不上能感动人。

想象性、描述性的虚构经验正在有力地改变我们对世界的认知，但同时需要重视实证对于想象本身的纠偏作用。以实证为基础的想象，才有叙事说服力，也才能打动人心。物质和精神如何平衡，虚构与现实如何交融，这是艺术的终极问题，而好的写作，从来都是实证与想象力的完美结合。谢有顺的观点具有很强的当下意义。这正如庄子所说："物物而不物于物。"只有这样，作家才能创造出高于生活，超越现实的第二现实、第二自然来。

胡：我生活在云南，无论是情感还是记忆，对这块土地都有很强的依赖性。但熟悉的生活在给我们带来安全感的同时，也让我们丧失了澎湃的想象力。对于小说写作来说，陌生的环境、人物、事件，其实有利于故事的生成。所以，尝试将小说的背景放在一些没有记忆依托的地方，小说写作会得到意想不到的呈现。《生死课》写的是重庆奉节的殡葬师的故事，而《马陵道》的故事发生地则放到了苏北，无论是自然、历史还是文化，这两个地方与我习惯到麻木的云南，都有不小的差别。而正是这种陌生，带来了想象的活力。

正如我们一个人到了陌生的环境会警惕一样，将故事放在一个我并不熟悉的环境里展开，我会更在意自然、历史以及文化上的"逼真"，从而在结构故事时做到"想象的逻辑"符合"生活的逻辑"。在《马陵道》里，当我写到丁汝成逃离窑湾时，我会思考如果逃离的人换成是我，我会如何选择逃离路线，并在有可能的情况下，进行实地勘察。作为虚构的艺术，小说在精神上可以"凌虚蹈空"，肉身则必须老老实实根植大地。所以，我觉得小说写作必须要有实证精神，这是实现小说"微观真实"的基础。几年前，我的一篇小说要写到防空洞的铁门，我当然可以通过想象来完成，但我还真找到了一个防空洞，看过之后，再想象的时候你不会发怵。再比如，我们大多有过火车站候车的经历，如果要凭想象再现候车室的环境并不难，但真到了现场你会发现，有一些东西想象是难以抵达的，尤其是环境中一些存在的实证元素。我曾经在故乡火车站的候车室，发现墙体上竟然挂着一个直径将近一米的巨大风扇，它是我想象之外的，然而有了它的存在，一个偏远城市的火车站候车室被描述时，会生动而具体。

喻：与性能兄的实证精神紧密相连的，是你的文本的互文性。这在你的创作过程中直接形成了因果关系。在读到"如今住在花厅村的丁家骐是丁汝成的长子，其余的两个儿子丁家驹和丁家骥分别住在马陵山下的王庄和小余庄，还有一个女儿是遗腹子，现居住在新河镇，隔着运河与窑湾遥遥相望"时，我在百度搜索了这些地名，并查看地图，除了"小余庄"没有查到，其余窑湾、新河镇、花厅村、王庄都是真实地名，而且地理方位也完全一致。有的写作者在建构文本中的地理方位时，可能会根据实际情况虚构地名，但你直接挪用，文本世界与现实世界的互文关系和同构关系非常明显。从这个层面看《马陵道》的传记体戏仿叙事也是成立的。

《马陵道》无处不互文，这不仅体现在文本世界与现实世界之间，文本与文本之间也是如此。《马陵道》小说文本，与"马陵之战"的史实，以及与丁汝成的传奇身世之间，也存在着互文关系。横向互文与纵向互文的运用，是《马陵道》的重要特征。完全可以将《马陵道》横向互文的叙事技巧归至先锋文学框架中审视，而将纵向互文的书写方式纳入新历史主义范畴讨论。我们在此不进一步展开。作品的互文性体现了你的文本选择的主动性和形而上意图，互文性叙事也指涉了文本外的时代语境，实现了小说形式与主题诉求的契合。

胡：我一直觉得，虚构的小说要经得起"考据"，尤其是我们小说的故事不是发生在当下，而是发生在以往，那么真实的地名、时间、建筑、饮食……都有利于增强故事的说服力。不瞒你说，当我在《马陵道》中写到丁汝成 20 世纪 30 年代从运河坐船去上海，那么我就会想，他当年会在上海什么地方下岸？如果他从虹口到所住的百老汇路口的礼查饭店，要如何走，经过哪几条路？20 世纪 30 年代这几条路上有些什么标志性的建筑？如果能够掌握，我都会尽量掌握。在这个方面，我觉得优秀的电影导演给我们做出了表率。据说，王家卫在拍摄《花样年华》时，对 20 世纪 60 年代香港的场景、道具和服装都做了细致的还原，包括一间屋子里当年用的是什么样的家具，以及尺寸，如何摆设都做得一丝不苟，从而让我们相信一个虚构的故事真实发生过。

喻：对于历史和现实的思考，是性能兄创作的两个维度。通过《马陵道》，我们看到了文本与具体的社会历史语境以及你的精神世界存在的巨大关联性。有论者提出，面对历史题材，不参与、不做判断、不将过去与现在联系起来的写作是不可能的，也是没有价值的。历史阐释的创作主体，对历史不是无穷地迫近和事实认同，而是消解这种客观性神话以建立历史的主体性，并赋予文本以思想意义和审美意义。《马陵道》体现了你作为一个审美主义者书写历史的理想方式。那些无法被时间掩埋、倔强地在记忆中生根发芽的事物，是你的意义世界和精神世界的重要支撑，比如丁汝成，他要面对日本人的威胁，他需要按照日本人的要求修改他的剪影戏的内容，以体现所谓的"大东亚共荣"；比如聂保修，那个曾经的老兵，用了半生的时间在寻找自己的身份认同，却无果而终（《消失的祖父》）。

阅读你的小说，有一个深刻的感受，你是一个非常强调思辨性的作家。通过作品，可以清晰地看到你的历史见识和现实洞察力,小说向度也凸显你的大格局和大视野。你也曾说:"我一直觉得,小说不只是对生活的呈现,而是要在对生活的观照中,通过萃取、提炼,寻找到作家对生活最为独特的发现,并借此赋予生活中的故事不俗的魂灵。"这是你的创作观念最好的注释。

你为什么写得慢,也基本可以得出结论。你说是"内心的那个触点没有找到",那个触点是什么,无非就是在寻找和等待打通从形而下到形而上通道的那个爆发点,让匍匐在地上的历史和社会现实生活飞腾起来。这个等待的过程也许非常漫长,但这是你写作的号令,没有这个号令,你不会轻易动笔。

胡:作为一个小说写作者,我关心的是特定历史境遇下个体的人,关心他们的际遇以及隐藏其中的人生密码。从这个角度来说,个人的境遇也是民族的境遇。佩索阿有诗句:"因为我的心略大于整个宇宙。"每一个人,都是世界和人类社会的浓缩,只要愿意,就能够从一个人的身上,看到世界和人性的丰富。

在信息时代,平面的生活或事件可以借助现代通讯手段在第一时间进行传播,所以,将客观生活进行简单呈现已不是、也不应该是小说表达的主要内容。甚至将生活中的现象进行归纳之后的形象化呈现也不是。小说的触觉必须能够延伸进人性黑暗的幽深之处,揭示人类可能面临的种种复杂的心理体验,并挖掘导致人物特殊命运的社会根源。一篇小说,只有形而下的呈现,没有形而上的发现,那么它存在的价值是会打折扣的。所以,好的小说,一定要让形而下的故事具有形而上的灵魂。

原发《长江文艺》2021 年第 11 期

凡一平：故事在生长，灵魂在歌唱

喻向午（以下简称"喻"）：一平老师好！你跟《长江文艺》的读者又见面了，在原创版和选刊版，你都是我们的常客，也是读者非常喜爱的作家。我们这次互动，是在一个特殊的时间段，你是全国人大代表，正在准备参加全国两会的相关工作，我们的谈话就用书面的方式吧，具有灵活性。也感谢你接受我们的邀请。

凡一平（以下简称"凡"）：向午好！今天3月5日，肯定是个好日子，十三届全国人大四次会议召开。毫无疑问，《长江文艺》在我心目中是一本好杂志。我作为一个南方作者，在我从事文学创作之初，就立志作品一定要跨长江过黄河。"长江"就是一道坎，或是"天堑"，轻易过不去的。我的作品常常到了湖南冷水滩就"折戟沉沙"了。当然，经过我多年努力，这个目标实现了。而无论过去还是现在，"长江"都是我的一个标杆，《长江文艺》都是我尊敬和向往的杂志，一是杂志的品位吸引我，二是对作家也非常不错。为了对得起贵刊，我有充裕的作品，总是让你先挑。中篇小说《花钱》可是你挑的啊。

喻：作为家乡引以为傲的作家，除了有的作品中常会出现类似"八桂深山之中的上岭村"这样标明地域背景的只言片语，以及小说人物通常是壮族的主流姓氏，例如韦、蓝、覃等，你的写作并没有刻意追求民族文化景观、风俗风土人情的呈现。纵观一平老师近四十年的创作生涯，可以看出，你更愿意强调你的中国作家身份；更愿意关注现实中国的时代性和当下性，呈现现实中国的社会面貌和心理景观，这种定位创作身份的方式，让你没有了任何束缚，也赋予了你更开阔的视野。

凡：这个问题多年来如影随形，模糊又清晰，坚定又摇摆。一个人在成为作家之后，这个身份前面，往往会有许多定语，比如著名作家、先锋作家、青年作家、美女作家等，而对于我，有一项定语是一成不变的，那就是少数民族作家或壮族作家。它仿佛是一顶牢固的帽子，摘不下也不能摘，具有与生俱来的身份认定。

我出生在壮族家庭，成长在壮乡农村，我会基本流利、标准的汉语普通话，是在我十七岁以后，那时我把汉语拼音的声母表和韵母表贴在蚊帐顶上，日夜苦练若干个月才学成，但至今也没完全练好。

我是壮族作家，却用汉语写作。我为什么会这样，因为我或我们认为汉语社会更先进，跟世界上先进的文化和科技最接近，代表了中国社会发展的方向。强调作品的时代性和当下性，用汉语写作是最合适的，事实上也是如此。因为思维、语言文字的障碍，我学习、追赶有些艰难，就像一只龟在沙滩上爬向大海的过程。但当我的汉语写作达到娴熟的水平，我的自信心便来了，像龟到了海洋一样，游刃有余。而我的自信，则恰恰来自我少数民族的身份。独特和别样的壮族地理、性格、智慧和生活，加上我血脉里压根就没有改变的本质，就像一口深井的井喷，汹涌澎湃，气象万千。它虽然涌现得比较晚，却是我期待和孜孜以求的——从 2006 年开始，我的创作题材和创作重心由都市转向了乡村，确切地说，我的笔触立在了生我养我的上岭村。《扑克》《撒谎的村庄》《上岭村的谋杀》《上岭村编年史》《上岭阉牛》《蝉声唱》《我们的师傅》，以及已在杂志发表、尚未出版的《四季书》，这一部部关于壮乡的小说，就像花开，不断给我收获和喜悦。我依存的民族和村庄，已然成为我的护身符和风水宝地。不写壮族和上岭，我便写不下去，而且什么也不是。

喻：一平老师的作品，虽然有很多地域和民族元素，但并没有强调地域性和民族性，在我看来，这跟你的叙事风格和小说向度有关。这个叙事风格，我暂且把它称作"凡一平叙事风格"，这也是你的作品区别于其他作家作品的最显著特征。叙事层面，你无意在描写上花费过多精力，你的作品，推动叙事的，基本上都是叙述和对话，很少看到环境描写，以及人物形象、心理、动作等细节的描写，所以叙事的节奏非常快，很少废话，绝不拖泥带水，同时注重锤炼人物的对话。这种叙事风格虽不说非常独特，但在当代小说家中也并不常见，你的作品经常会出现大段的对话，人物形象基本也是靠叙述和对话来塑造。这种风格跟当下的生活方式非常合拍，同时保持了叙事的紧张感，突出了小说的语言张力，也符合普通年轻读者的阅读习惯。这样的风格跟影视作品的表现形式非常贴近。你有小说家和编剧的两栖身份，普通读者都知道根据你的小说改编的电影《寻枪》和《理发师》。你的小说叙事风格是否跟你频繁"触电"，甚至亲自操刀编写剧本有关?

凡：你之所以这样问我，可能是因为我的许多小说改编成了影视作品。影视确实改变了我的生活，但不能说改变了命运，文学才改变了我的命运。我有句话是这样说的：没有影视，我的生活一穷二白；但没有文学，我什么都不是。这是因为在中国，影视是一个赚钱的好行业。我的一些作品被改编成电影、电视剧，包括东西在内，我们现在就差住上别墅了，其实这些都是文学给我们带来的。文学是一切艺术的基础，所以我依然在努力坚持我的写作。

文学与影视是相互影响的。文学为影视提供了核心的人文资源，影视为作家如何更好地讲故事提供了参考。当年姜文和我讨论剧本故事的时候，告诉我一个叙事策略，说你先把这个人写死，再去想为什么写死他，怎么写死他。然后他提到了元代马致远的《天净沙·秋思》："枯藤老树昏鸦，小桥流水人家，古道西风瘦马。夕阳西下，断肠人在天涯。"叙事就要有这样的韵味和简洁。

喻：说得非常好！你跟姜文的对话，对普通写作者来说，确实具有很重要的参考价值。接刚才的话题，关于小说的向度。互联网时代，对作家的想象力提出了更高的要求，一些作家为了寻求叙事的陌生化效果，在作品中选择了新的背景，置入了新的景观，且更加关注新的科学技术对日常生活的影响，甚至干脆尝试写起了科幻小说，对于人性的挖掘却止步不前。而对于人性的挖掘，需要作家的阅历和天分，以及超乎常人的想象力。对很多年轻作家来说，这是一个巨大的考验。财欲、权欲和情欲等欲望无节制地膨胀，以及与其对立面的剧烈冲突，并不会因为时代的发展和社会文明程度的提高而得到消解，这类题材，需要作家的想象力和叙述能力、思辨能力的支撑，否则会落入俗套，还会被贴上概念化写作的标签。一平老师敢碰这样的题材，还经常碰出了火花，比如《花钱》，能让我这个职业读者一口气读完，而且还拍案叫好，作品确实有它的独到之处。叙事精彩，但一平老师并没有让叙事处于明显的放飞状态，而是有意识地让叙事在欲望、情感、伦理等层面达到某种平衡，避免滑向失范的脱轨状态。《花钱》建立了一种既古朴又新颖的汉语叙事图景，唤醒了一个具有传统味道的汉语故事，还让我在作品中找到了形而上的意味。

凡：好看、耐看，一直是我写小说的追求。编辑往往是小说的第一个读者，要吸引编辑看下去、看完，很难。我当过十五年的编辑我知道。我构思写作的时候，首先是想方设法吸引人，从开头切入、叙事语调、情节、细节、对话、节奏，再到结尾，都得十分讲究，虽不能步步惊心，但读起来起码得让人保持愉悦感或陌生感。不断有意外的事情和语言出现，打个不恰当的比方，要有情场老手征服傲娇女人或是智者制服自负男人的精神和手段，即使是同一种行为，也要换花样，要老树长出新芽，时刻牢记自己正在创作，永远提醒自己不是名家或天才。要像永不知足的漂亮女人，化妆修饰，抹掉洗掉，再修饰化妆，直至抵达时间和智力的极限。这是好看。耐看就是看完一篇小说后还想看。这指的是读者而不是编辑，编辑发表一篇作品起码得看三次，基本都是被迫。而读者看了还看就不一样，这是一种情不自禁的行为，就像与一个异性会面后期待下一次约会一样。好看是难，但耐看更难。如果说好看是形而下，那耐看则是形而上。好看练练就学会了，耐看不行，或者说耐看需要更高级别的锻炼，那是一种人生的历练，涉及的是精神和灵魂，它需要体验和等待。它不像财富、权力和名誉可以追求，它不像愚公移山，它只需要碰运气或守株待兔，你恰好在恰当的时间、地点，就遇上了，或它就来了。所以我教我的学生和年轻作者，只能教他们如何把小说写得好看，耐看我教不了。

《花钱》也确实是个十分通俗、传统的故事，我在构思它的时候，几度想放弃，像一个老男人对待一个比他更老的女人，而且还没有感情基础，如果不放弃，你要图她什么？图她与你情深义重，还有品位，甚至还是个富婆行不行？那好吧。就这样，我找到别具一格的东西，那就是人性的另一面的幽微的地方，我发现了它是新东西，埋藏在地下，露出一点点，然后我揪住不放。写作的过程就是去挖掘它和开发它的过程。挖虫草要一定的本事，在别人挖出过虫草的地方，还能挖出虫草来，这是运气呢，还是本事？

喻：一平老师不仅非常重视人物的塑造，还很好地继承了某些传统的经典叙事方式。李浩认为你的写作是通俗性和现代性互为交融，你往往使用极具通俗性的语言和故事结构讲述一种富有深意的"现代故事"，晓畅的通俗在外，深邃的意蕴与追问在内，你在雅俗之间搭建起了个人的桥梁。总体而言，你对于故事的专注，远远超过了小说的形式。不论是通俗性，还是先锋性，在大多数语境下，把故事讲好，才是小说最大的叙事伦理。你依靠作品的戏剧性和深远多元的故事语义，打开了一个新的小说美学局面。

凡：写小说好比建一座房子，先有创意，再设计，后建设。

房屋的结构就是故事框架。就像没有结构或结构不好，房屋会立不起来、会垮掉一样，没有故事或故事蹩脚的小说，是很难看，或者看不下去的。毫无疑问，故事是小说的支撑，然后才是语言、细节的丰富，就像房屋的主体框架建立后，才进行装修和摆设一样。其实建构故事的时候，思想、主题和风格已经在里面了，只不过还没有太明显。而思想主题太显露又有什么好的呢？我觉得创作一定要有自己的坚持，当然最好不要顾此失彼。

喻：一平老师的这种观点，也得到了一些评论家的认同。洪治纲就曾撰文说，凡一平是一个对世俗生活有着密切关注的小说家。他对各种现代物质文明刺激下的欲望化生存保持着高度的叙事热情，对非常态化的命运状态有着敏锐的感知，但同时又在价值观念上与叙事对象保持着必要的距离，这使得他的小说在不断地沉入各种本能性的、极端化的世俗生存时，不时闪现些许诗性的成分，凸示某些人性深处的亮点，又偶露一些艺术上的智性。他对你的评价可谓非常准确。在我看来，你的作品一直在探索和拓展个体与世俗生活的内在关联，因此，你的小说是非常及物的，接地气的。哪怕在《上岭村丙申年记》中，主人公蓝能娶了一个机器人为妻这样想象力超前、接近科幻的小说，故事同样是建立在世俗生活的基础上，烟火气十足，你的思辨性的根基是七情六欲的现实生活。

凡：洪治纲多年前的评论我还记得，标题叫《与欲望对视》，他对我当年作品的分析和判断十分准确。那个时候，我的创作基本上是以都市题材为主，具体说是写我生活了一些年的城市和我的城市生活，那些年是我个人欲望爆棚的时候。刚从乡村进入城市，一切都十分新鲜、陌生和刺激，车水马龙，灯红酒绿，我沉浸和迷恋其中，像一只老鼠掉进油缸，不能自拔。一方面我享受或努力享受舒服、爽快的城市生活，另一方面我却与我生活的城市格格不入，就是说既欢乐又痛苦。我痛苦的原因还不是因为缺钱。当然最开始是因为钱。我来南宁的时候口袋里只有一百元钱，其中五十元还是我姐给我的。为了挣钱，我拼命写稿，化名给当时流行的通俗杂志写故事，稿子多到登出来时我都不记得哪篇是自己写的了。挣了点钱，够我基本花销了，但我还是痛苦，我才知道这种痛苦是来自精神上的，或是欲望造成的。《跪下》《变性人手记》《随风咏叹》《浑身是戏》等，可以说是那些年我城市生活的记录和欲望化生存的真实写照，从题目就能看出我当时的纸醉金迷、怅惘和不堪。

我持续地抒写欲望化生活，直到 2006 年。

喻：就题材而言，评论界普遍认为，从 2006 年《撒谎的村庄》开始，一平老师的写作就从城市题材转变为农村题材。我的理解是，虽然当下中国社会的城乡二元对立已经逐渐缓解，并且逐步走向了城乡一体化，但是强调矛盾的尖锐性和情节的戏剧性，从叙事学的角度看，这是推动叙事的方式和需要。你选择相对封闭的地域背景和在此背景下生存的人，更便于你营造戏剧冲突的氛围，也是叙事逻辑自洽的需要。比如《花钱》，围绕被金钱赋能的顶牛爷、覃小英展开的爱情和亲情博弈，这种矛盾冲突，并不一定只发生在城市或者农村，当覃小英出现后，叙述的场景就从上岭村转移到了南宁。而在《上岭村丙申年记》中，代表最前沿科技成果的智能机器人"美伶"，作为妻子也出现在了封闭的上岭村蓝能跟家里。所以说，你的作品中惯常出现的地域背景上岭村，它是城乡一体化进程中的上岭村，甚至是全球化浪潮中的上岭村。上岭村是为了强化社会冲突和观念冲突而构建的场域，它是乡村，又时常与城市建立起了无法割断的联系。当然，上岭村在现实生活中有一个很具象的对应物，也就是你的故乡，它为你的创作提供了源源不断的素材和灵感，以及情感支持。

凡：近年我写了一些小说，跟我的家乡有很大的关系，那就是我出生和成长的地方：上岭村。

《上岭村编年史》里，三个故事都是有灵感的。我当时有十年时间没有回过上岭村。有一年我回去的时候，经过一个我熟悉的老太太（也是亲戚）家，那时我剃着光头。当时我们村有一个小偷坐牢了，我一回来，她误认为我就是那个小偷。她握着我的手说，你放出来了啊？放出来就好，放出来就好！她把我当作一个刑满释放的劳改犯了。这个细节给我带来了灵感，启发我写了《上岭村丁酉年记》。

第二个故事，就是我们村里有一个大老板，当年很牛，他捐钱给村里修路，只修到他家门口。距离我家门口还有四百米的时候，他说那里由凡一平自己找钱修……这个大老板后来没落了，贷款几十亿没还上，成了老赖。他回到村里，但村里人一视同仁，没有鄙视他。这也给了我灵感。他上了老赖名单以后，是如何躲回村里，最终又如何被出卖，我写了这样一个故事，这是《上岭村戊戌年记》。

第三个故事，有一次我回到村里，跟乡亲闲聊。我们这里有几个穷光蛋，因为长得比较丑，找不到老婆。他们自己闲聊的时候说，现在不是有人工智能机器人吗？我们买一个女机器人回来做老婆也挺好，如果钱不够，就几个人来凑。这又给我带来了灵感，所以我写了《上岭村丙申年记》。

有一天我突然发现，在改编成影视的小说中，许多篇目跟乡村都有很大的联系。只要我写乡村题材，跟乡村有关系的，都很容易改编成电影。比如电影《寻枪》，是姜文主演，陆川导演的，写一个乡村警察，枪丢失之后，又如何把枪找回来的故事。这个作品取得了 2002 年国产电影最高票房的成绩。

我写了一篇《上岭村记》，它已刻在上岭村河对岸入口的一块巨石上，那些文字涌动着我对家乡人的关注和热忱。上岭有着不多的人口，却生生不息，层出不穷，他们的确像蚂蚁一样渺小、坚韧，却又像鱼群一样抱团、欢乐。已经死去和还活着的，都是我的父老乡亲。这就是真实的上岭，是我生命中最亲切的土地和摇篮。我觉得从乡村获得的灵感，不仅对文学，对影视来说，同样也是创作的源泉。

喻：看来一平老师的故乡上岭村是一个生长故事的地方。从 2021 年年初起，你又陆续发表了以上岭村为地域背景的乡村题材系列小说，如《裁决》《金牙》《阉活》《督战》等，这些作品始终有一个中心人物顶牛爷，而且作品之间还有叙事的承接性和逻辑联系。这是你之前规划好的写作计划吗？

凡：2019 年年底，我开始了长篇小说《四季书》的创作，原来估计至少要到 2020 年下半年才能完成，结果 2020 年年初发生了疫情，彻底封闭在家，可以天天写作，因为持续，情绪稳定，所以写得很顺，一气呵成，二月底就完成了。写完长篇，按以往是要出去散心，访亲会友什么的，结果还出不去。待在家除了读书、写作、画画，还能干什么？于是就打算继续写。写什么呢？首先锁定上岭，这是肯定的。但写上岭什么？有难度了。因为刚完成的长篇是写上岭，前面的诸多作品也是上岭，而继续写上岭还能写出什么新意来？苦恼了几天时间。有一天我晚上做梦，梦见我们村也是我们家族最长寿的男人，居然出现在我面前，是父亲带他来的。他真名叫樊宝笛，但人们都叫他顶牛爷，因为他老喜欢与人顶牛。我父亲叫樊宝宗，在此系列小说里多次出现，《花钱》里的说客就是他。父亲跟顶牛爷来见我，说是带他来南宁玩，他这辈子还没来过南宁，我十分高兴地接待了顶牛爷。梦醒之后，我发现这不是现实，因为家里已经没有父亲的身影，他去世一年多了，只留下他平时叫唤我们的铃铛。我看着铃铛想父亲，想他把顶牛爷托梦给我是什么意思。我开始回忆顶牛爷，其实我和他见面并不多，而且都是小时候见的，但他的传说非常多，而且神奇。我原来是不信的，但现在我信了，与他打交道多年的父亲在为他作证。我决定写顶牛爷，为他写一本书，书名叫《顶牛爷百岁史》。想好书名，我才开始想故事。第一个故事是《督战》，《督战》未写完，第二个故事就跳出来了，依次类推，像鸡下蛋似的写了九个故事。《花钱》是第八个故事，也是最长的故事，托付给了《长江文艺》。

喻：为了对话需要，"顶牛爷"系列小说，我还是用"凡一平叙事风格"来定义。作品大体还是延续了你经常采用的叙事策略。如果说"欲望叙事"是"凡一平叙事风格"的故事核心，那么《花钱》几乎是将"欲望叙事"发挥到了极致。从旧军人，到阉猪佬，到船工，顶牛爷突然得到曾经受惠于他的覃小英的财富加持，一个不被关注的平凡老人，从此变得不平凡了。为了表达的需要，你在故事的主干上萌生了更多的枝叶。修祖坟，亲属分钱，替顶牛爷盖婚房、找老伴等，处于放飞梦想状态、与顶牛

爷沾亲带故的所有人，终极目的只有一个，那就是顶牛爷口袋里
的钱。叙事推进到故事的主干：顶牛爷与韦香桃的亲事，此时，
各路人等，被金钱支配的贪欲已经到了极度膨胀的地步，顶牛爷
的黄昏恋被搅黄是可预见的。顶牛爷作为小说人物的独特价值在
《花钱》中得到充分体现。非分的要求，欲望的膨胀，顶牛爷总
是在最恰当的时候制止了，他与向他报恩的覃小英，艰难地阻挡
了欲望洪流一次一次的冲击。亲情和爱情本应珍重，但两方面的
势力同时被贪欲裹挟，形成对感恩之情（覃小英）和黄昏之恋
（韦香桃）的双重合围。《花钱》构建的世俗社会中，顶牛爷在
欲望、情感、伦理等层面起到了至关重要的平衡作用。物质欲望
是对亲情和价值的消解，是对精神操守的挤兑。顶牛爷拒绝了为
韦香桃的儿子蓝昌福买官埋单的要求，意味着他将主动放弃与韦
香桃的黄昏恋。在人性与欲望的斗争过程中，主体的自主性得到
体现。顶牛爷剔除了欲望的杂质，使得灵魂坚守成为可能，作品
也因此具有了强烈的批判意识。

　　凡：文学作品，批判意识是必然的存在，就像川菜湘菜没有
辣椒就名不副实一样。在顶牛爷系列小说里，批判意识是顺序渐
进的，在《花钱》里到了顶峰阶段，而且故事发生的年代也与当
下最接近，是人的物欲、情欲、权欲最泛滥的时期，非要顶天立
地的顶牛爷站出来收拾不可。他虽年逾八十，却如中流砥柱。他
哪怕众叛亲离，也要坚守底线和情操。他孤独一生，但也清白了
一生。他在上岭村形单影只，却是有情有义的男人，也是最长寿
的男人。这样的男人在当今社会已经不多，小小的上岭村却有一
个。我因上岭村获得虚荣，但上岭村必以顶牛爷为傲。

　　喻：读一平老师近年的作品，包括《上岭村丁酉年记》《上

岭村戊戌年记》《金牙》，特别是《上岭村丙申年记》和《花钱》，结合你以前的创作，我们可以看到，你的相当一部分作品有黑色幽默的底色。黑色幽默作为一种以存在主义哲学为思想基础的现代派文学流派，20世纪60年代在西方兴起。黑色幽默用一种无可奈何的嘲讽态度表现外部环境（社会）和个体之间的互不协调，并把这种互不协调的现象加以放大，扭曲，变成畸形，使它显得更加荒诞，滑稽可笑，同时又令人叹息，感到沉重。跟《花钱》一样，《上岭村丙申年记》的荒诞意味也非常明显，蓝能跟丑陋，四十多岁未娶，得到了貌美如花的人工智能机器人"妻子"美伶，却被村里的二流子韦氏兄弟觊觎。他严加提防的同时，还要一厢情愿地将美伶人格化，以显示美伶作为他的"妻子"的合法性和严肃不可侵犯性。他先是"带着"美伶去民政部门办理结婚证，结果可想而知；随后又去派出所为美伶办理身份证，同样被拒绝。蓝能跟骑着摩托车"带着"美伶来回奔波于民政部门和派出所之间的场景是何其荒诞和滑稽可笑，这是一种绝望的幽默。而在《花钱》中，顶牛爷所处的社会层面的生存怪圈，正是你对人性欲望夸张性表达的结果。细读作品，具体的叙事话语则带有更强的荒诞感和反讽意味。

蓝能跟、顶牛爷这些在欲望洪流中沉浮的人，痛苦、愤怒，甚至绝望，而你那种黑色幽默的表现方式更强化了作品的批判意味。从这个层面来说，我们看到了你某种方式的现代性自觉，因此，说你的很多作品具有现代性，并不是没有依据。

凡：上岭村人有个十分奇特的特点，讲话从不明说、直说，而通常是用比喻、指桑骂槐的形式表达对某人某事的看法，我们那里叫水底话。他们多数是文化程度不高的人，但言谈中的智慧、机灵，令人惊叹。我与他们在一起，常常是插不上话，只有旁听。他们对谈的时候，讲的人不笑不怒，听的人也不笑不怒，但十分生动、夸张、刺激和滑稽，好像人话就该这么说。我大哥、二哥以及我的小学老师，就是这方面的高手，他们评论事物入木三分，他们挖苦人痛到骨头，别人还没法叫唤和反击，那种冷幽默真是厉害。我在外边，别人觉得我幽默的时候，我心想，我比上岭村的那些人差得远，他们是我的师傅。我父亲生前也是非常幽默的人。记得几十年前他带我去公社食品站买肉，肉不够了，卖肉的人说先卖给中学老师。我当小学老师的父亲当即就说好的，以后你们食品站的小孩读书，就从中学读起。卖肉的一听，乖乖地割肉，卖给了我父亲。这件事我印象十分深刻，荒唐、荒诞，既寓教于乐，又解决问题。我多年以后的写作，也受此影响，并成为一种艺术追求和自觉。

喻：聊一平老师的小说风格，我们发现，你的作品很少有宏大的社会性命题，不过，你也并没有与 20 世纪 90 年代中期流行的"个人化写作"合流，也没有与当时一些文艺理论家所倡导的"向内转"的文学思潮形成呼应。你有创新，但又不是先锋作家；你关注现实，小说技术借鉴了传统的现实主义，与新写实也有平行、交叉，甚至并轨的时候，但又不完全算是现实主义作家。你的写作一直非常关注人与外部环境的关系，关注时代的发展和社会的复杂性、人性的复杂性。

你的写作有着强烈的个人标识性。我们谈到了你不同层面的叙事风格和作品的终极价值，即便如此，你仍是一个不好归类、无法定义的作家，你无法纳入哪一个流派，这就是你的创作特征，也是你作品的魅力所在。

　　我更想知道，在现代文学和当代文学层面，中国和欧美，你更喜欢哪些作家、哪些作品?

　　凡：生活中我是个随和的人，不卑不亢、不骄不躁，不标新立异，也不随波逐流。我愿意与之来往的人，基本都愿意与我来往；不愿意与我往来的，那就随他去吧。在文学创作上，我的确没有刻意追逐某种流派，或想挤入某种圈子，拉我我就进，踢我我就出，但有一点我是必须要持之以恒的，那就是扬长避短、博采众长。我什么流派的作品都读，打动我的作家我都喜欢。在我有限的阅读中，加缪及《局外人》、塞林格及《麦田里的守望者》、厄普代克及《兔子，跑吧》、凯鲁亚克及《在路上》、王朔及其作品、余华及其作品、莫言及其作品、东西及其作品，都让我喜欢。

　　喻：你的作品中并不会经常出现欢乐和温暖的场景，但读你的作品，却是一件快乐的事情，阅读的收获我不再重复。我要随读者一起与你相约，期待你的新作继续为读者带来更多的惊喜。

　　凡：谢谢。

原发《长江文艺》2021 年第 4 期

图书在版编目（CIP）数据

叙事者的远见 / 喻向午著. -- 武汉：长江文艺出
版社，2024.1
ISBN 978-7-5702-3324-3

Ⅰ. ①叙… Ⅱ. ①喻… Ⅲ. ①中国文学－当代文学－
文学评论－文集Ⅳ. ①I206.7-53

中国国家版本馆 CIP 数据核字（2023）第 186924 号

叙事者的远见
XU SHI ZHE DE YUAN JIAN

责任编辑：王洪智　谈　骁　　　　责任校对：毛季慧
封面设计：璞　闲　　　　　　　　责任印制：邱　莉　胡丽平

出版：　长江出版传媒　　长江文艺出版社
地址：武汉市雄楚大街 268 号　　　邮编：430070
发行：长江文艺出版社
http://www.cjlap.com
印刷：中印南方印刷有限公司

开本：889 毫米×1194 毫米　　1/32　　印张：6.875
版次：2024 年 1 月第 1 版　　　2024 年 1 月第 1 次印刷
字数：151 千字

定价：58.00 元